# Cavalcades

Florence Thinard

Roman

Illustration de couverture
d'Aurore Petit



EDITIONS
THIERRY
MAGNIER

Florence Thinard est née juste en face de l'Atlantique, à Royan, en 1962. Devenue journaliste et auteur de documentaires, elle s'efforce de décrypter l'actualité. Pour équilibrer ce travail d'une sévère rigueur, elle écrit des histoires où la réalité se soumet joyeusement à l'imagination.

**Bibliographie sélective**

*Lectures de paysages*, Éditions Plume de Carotte, 2013

*L'herbier des explorateurs*, Éditions Plume de Carotte & Royal Kew Garden, 2012

*Encore heureux qu'il ait fait beau*, Éditions Thierry Magnier, 2012

*La gloire de mes sœurs*, Éditions Thierry Magnier, 2011, in *Comme chiens et chats*

*Pourquoi la guerre, comment la paix ?* Avec Élisabeth Combres, Gallimard Jeunesse, 2010

*Une seule Terre pour nourrir les hommes*, Gallimard Jeunesse, 2009. Prix Terre en vue (Montreuil 2009), prix Terréthique des lycéens 2011

*Mesdemoiselles de la Vengeance*, Gallimard Jeunesse, 2009

*La fin de la faim ?*, Éditions Thierry Magnier, 2008, *in* Nouvelles re-vertes

*Collection Les Clés de l'info*, Avec Élisabeth Combres, Gallimard Jeunesse, 2007

*Noir destin pour plastique blanc*, Éditions Thierry Magnier, 2005, *in* Nouvelles vertes

*Entre chien et Lou*, Éditions du Rouergue 2005, collection "doado"

*Un boulot d'enfer*, Éditions Thierry Magnier, 2005. Prix du Gaillard d'Or 2007, Prix du Territoire de Belfort 2007 Prix de l'été du livre à Metz 2006, Prix ND de France 2006

*Une fille fan de foot*, Pocket Jeunesse, 2005

*Une gauloise dans le garage à vélos*, Éditions du Rouergue, 2003, collection "doado". Paru en Folio Junior en 2011. Prix des Incorruptibles 2005, Prix Escapage des lecteurs de l'Indre 2005

*Les 1000 mots de l'info*, Gallimard Jeunesse, 2003, 2004, 2005, 2006. Prix de la presse des Jeunes 2003

*Mondes rebelles Junior*, Éditions Michalon, 2001, 2003, 2006. Prix Sorcières 2002 du documentaire.

*Pour Félix, bien sûr.*
*Et en mémoire de Kaboul,*
*l'alezan le plus futé à l'est du Rio Grande.*

« Il est bon d'avoir un cheval pour ami. »
Mary O'Hara, *Mon amie Flicka*

# La lettre

Campé au bord du pré, les oreilles dressées, Gringo guettait le facteur depuis longtemps déjà. Dans le lointain un moteur ronronna enfin. Le petit cheval dansa de joie sur la pointe des sabots, puis se figea, le regard rivé au coin du bois. Ses flancs noir et blanc frémissaient d'excitation. La camionnette de la poste apparut. Gringo s'élança au triple galop pour longer ventre à terre la clôture parallèle à la route.

Amédée Maillet eut un sourire en coin. Il savait ce qui allait se passer. Le vieil homme décida de profiter du spectacle et s'appuya sur sa fourche. Jo, le setter roux, était déjà sur le qui-vive. Lui aussi avait entendu la camionnette de la poste. Lui aussi savait à quoi s'attendre. Il jappa, un petit *Woôf*, mi-figue, mi raisin.

Gringo attendit de frôler les premiers arbres du bois pour freiner des quatre fers. Dans un panache d'herbes arrachées, il fit volte-face à la seconde même où la camionnette attaquait la dernière ligne droite. Le petit cheval repartit à fond de train derrière le véhicule. La course dura jusqu'à la barrière de l'écurie. Avec la complicité du facteur, Gringo arracha la victoire par une courte encolure d'avance. Le préposé descendit de son véhicule sous des hennissements de triomphe. Il toucha sa casquette, saluant d'un même geste le drôle de cheval bariolé, le maître des lieux et son chien.

– J'ai toujours peur qu'il loupe son virage et qu'il atterrisse sur mon capot, plaisanta le facteur.

– Oh, pas de risque. Ce cheval a un pied de mule.

– À courir comme ça, peut-être qu'il prend ma camionnette pour une vache ?

Le regard du vieil homme noircit sous la casquette. Un Paint Horse capable de trier du bétail les yeux fermés pourrait confondre un facteur avec une andouille, pensa-t-il, mais pas une voiture avec une vache. Il se contenta de grommeler :

– Alors, facteur, qu'est-ce qui nous vaut le plaisir ?

– Votre journal comme d'habitude, monsieur Maillet, et puis… ça.

Il lui tendit une enveloppe blanche, bardée d'un imprimé exigeant une remise en mains propres. Dans un angle de l'enveloppe s'étalait un logo multicolore et prétentieux.

– Une petite signature ici, s'il vous plaît, ajouta le facteur en lui tendant un stylo.

Le vieil homme prit le temps de s'essuyer les mains sur son bleu de travail et s'appliqua à écrire son nom d'une main qui ne tremblait pas.

– Les lettres recommandées, ce ne sont pas toujours de bonnes nouvelles, commenta l'autre, toujours curieux.

Il en fut pour ses frais. Le vieux enfouit la lettre dans sa poche et empoigna sa fourche.

– Bonne journée à vous, facteur.

– Bonne journée, m'sieur Maillet. À demain !

Le vieil homme attendit que la camionnette disparaisse au tournant pour flatter l'encolure du petit cheval pie.

– Bravo, mon gars. T'es champion !

Gringo souffla d'un air entendu, secouant sa légère crinière noire.

– Tu aurais pu lui écrabouiller sa camionnette. On se serait évité du tracas avec le courrier.

Il soupira, tira l'enveloppe de sa poche et se dirigea d'un pas lourd vers la maison.

– Tu veux encore du café ?

Le vieil homme secoua la tête sans répondre.

– Amédée, tu te fais trop de mauvais sang, gémit Suzanne. Ce n'est pas bon pour ton cœur !

Autant son époux était grand, anguleux et peu causant, autant Mme Maillet était petite, ronde et aimable. D'ordinaire rose et souriante, elle était pâle en cet instant. Les sourcils froncés, elle polissait machinalement sa toile cirée étincelante.

– Bondiou de bois, que veux-tu que je fasse ? éclata le vieil homme. Que j'aille au bal danser ?

Il frappa du poing la lettre posée entre eux sur la table.

– Ces gens vont nous prendre la ferme ! Il faudra envoyer les chevaux au boucher !

Suzanne se tamponna les yeux d'un coin de torchon.

– Amédée, tu cries. Tu me fais peur.

Son mari marmonna une excuse et se passa la main sur les yeux.

– La ferme vendue. Les chevaux à l'abattoir ! Et qu'est-ce qu'on lui dirait au petit ?

– Mon Dieu, le petit… souffla Suzanne.

« Le petit » n'était pas si petit que ça parce qu'il avait déjà douze ans et qu'il rendait quelques centimètres à sa grand-mère. Tous les ans depuis sa naissance, le « petit » Félix passait son été à la ferme du Clos Vert. C'était son paradis personnel, un immense espace de liberté, peuplé d'arbres, de chevaux, de chiens et de grands-parents.

– Mais qu'est-ce qu'on leur a fait, à ces gens ? s'indigna Suzanne. On ne les connaît même pas !

– Nous, on n'est pas importants. C'est le Clos Vert qu'ils veulent. Dix hectares de bonnes terres pour faire leurs expériences avec des semences, cultiver des cochonneries trafiquées et je ne sais quoi. Les dix derniers hectares de la région qu'ils n'ont pas raflés.

– Tout de même, ils ne peuvent pas nous chasser !

– Oh que non ! Ils sont plus finauds. Ils ont sûrement un copain à la banque. Ils savent qu'on a du mal à rembourser l'emprunt du tracteur, avec cette sécheresse. Que les chevaux nous coûtent plus d'argent qu'ils rapportent. En réclamant les arriérés de paiement, ils nous étranglent à coup sûr.

– C'est vrai qu'ils coûtent, les chevaux… soupira la vieille dame. Il faudrait retrouver des élèves.

– Suzanne, ne recommence pas. Tu sais qu'ils sont tous partis au centre équestre qu'est bien équipé, moderne et tout. Ils ne reviendront pas.

– Alors, qu'est-ce qu'on va faire ? On ne pourra jamais payer si gros.

– Je ne sais pas, soupira Amédée. Je ne sais vraiment pas.

Le chien sentit que l'heure était grave. Il vint poser son menton sur le genou de son patron. Amédée lui tapota distraitement le crâne. Dans le silence, la pendule égrenait les secondes. Suzanne finit par se lever, tira du buffet un pain, un pichet de vin, deux assiettes et deux serviettes serrées dans un rond de bois. Puis elle posa sur la table une marmite de soupe de légumes. Hiver comme été, sous le soleil ou sous la neige, Amédée ne pouvait imaginer un repas sans soupe.

Soudain Suzanne s'immobilisa, la louche en suspens au-dessus du bouillon.

– Amédée ?

– Quoi ?

– Tu te souviens du petit Régnaud ?

– Le Jean-Michel ?

– Non, son frère. Le Serge. Celui qui est devenu juge.

– Ah, çui-ci. Ben oui, je m'en souviens.

– Tu te rappelles qu'il venait monter ici, petit ?

– Oui, sapristi ! Tu crois que j'ai perdu la boule ?

– Tu te rappelles que quand il était juge, il était venu nous voir, il y a tout de même longtemps de ça ?

– Suzanne, je suis pas d'humeur aux agaceries, ronchonna le vieux.

– Vous aviez parlé des chevaux, des gamins qui montaient à l'époque, continua Suzanne sans se troubler. Il avait raconté que, des fois, il envoyait à la campagne des jeunes qui avaient fait des bêtises. Pour les changer d'air, les remettre sur les rails. Tu te rappelles ?

– Ouais. Peut-être. Et puis ?

– Il avait ajouté, je m'en souviens comme si c'était hier : « Le Clos Vert serait un endroit idéal pour ces jeunes, si un jour vous acceptiez des pensionnaires, monsieur Maillet. L'équitation responsabilise beaucoup les adolescents instables. »

– Alors ?

– Alors, on va lui écrire une lettre.

Amédée leva les bras au ciel.

– Es-tu toquée, ma pauvre Suzanne ? Tu trouves qu'on n'a pas assez d'ennuis comme ça, pour faire venir des voyous, des canailles et des fripouilles ?

– Oh, toi, tu vois le mal partout. Ce sont sûrement de bons gosses au fond. Un peu turbulents, voilà tout !

# Arrêt Clos Vert

Quand Félix parvint à se dégager des bras de sa mère, le chef de train sifflait la fermeture des portes. Il bondit lestement sur le marche-pied malgré le poids de son sac à dos.

– Embrasse bien Mamie et Grand-Père pour moi, insistait sa mère derrière lui. Tu seras sage, hein ? Et prudent avec les chevaux ! Appelle-moi quand…

La porte se ferma dans un chuintement vigoureux. Félix fit un petit coucou, sa mère lui renvoya un baiser. Il la vit doucement s'éloigner, puis disparaître.

Les vraies vacances commençaient.

Le garçon vérifia son billet et se dirigea vers sa place réservée. Compartiment 5, place 32. Il fit coulisser la porte vitrée et découvrit un compartiment presque plein.

– Bonjour, dit-il.

– Bonjour, répondit une jolie jeune femme souriante qui replia poliment ses jambes pour le laisser entrer.

Les quatre autres occupants n'émirent pas un son. Deux filles, deux garçons. Tous renfrognés. Tous impassibles.

Sa place était près de la fenêtre. Une des ados, vêtue de noir de la tête aux pieds, y était avachie, les yeux fermés. Félix hésita un instant.

– Quelle est ta place ? demanda la jeune femme.

– La 32, fit Félix, mais ce n'est pas grave, je peux…

– Non, affirma-t-elle d'un ton décidé. Myriam va se déplacer.

Elle tapota le bras en gilet noir. « Peut-être une fille en deuil ? » pensa Félix confus de la déranger dans sa peine. La fille ouvrit un œil torve et l'observa sans bouger d'un centimètre. Une embardée fit chanceler le garçon. Il tomba sur les genoux d'un jeune au visage en lame de couteau, porteur d'énormes lunettes noires.

– Pardon ! Désolé ! s'empressa-t-il.

Le jeune le repoussa durement, avec un juron.

– 'peux pas faire gaffe ? Tire-toi !

Félix retrouva son équilibre et lui jeta un regard perplexe. Entretemps, la fille en noir avait consenti à bouger. Félix s'écroula à sa place avec soulagement. Il cala tant bien que mal son sac entre ses pieds et rajusta ses fines lunettes de myope. Sympas, les compagnons de voyage… Il laissa son regard errer par la fenêtre.

La ville laissait déjà place à des terrains vagues et à des lambeaux de forêt. Il décida que rien n'altérerait son premier vrai jour de vacances. Dans trois heures il serait au Clos Vert, à l'abri du monde, de ses corvées et de ses casse-pieds. Dans trois heures, Tonka trotterait vers lui, en hennissant de joie. Dans trois heures, il verrait enfin la surprise dont Mamie avait parlé au téléphone, en faisant toutes sortes de mystères. Un poulain pour Volga peut-être ? Ce serait juste merveilleux !

Plus que trois heures…

Félix tira de son sac un énorme bouquin, puis son lecteur de musique dont il enfonça les écouteurs dans ses oreilles. Il se rencogna dans l'angle de la fenêtre et se plongea dans le récit haletant de la retraite de Russie. C'était son passage préféré des guerres napoléoniennes. La Grande Armée, la plus vaste armée européenne jamais rassemblée, vaincue par le terrible hiver russe. Près de sept cent mille hommes, harassés, affamés, harcelés par les redoutables cosaques, traversant d'immenses plaines enneigées par un froid de moins trente degrés. Les officiers faisaient fouetter les jambes des cavaliers pour éviter qu'elles ne gèlent dans leurs bottes ! Cent mille soldats y laissèrent la vie, plus un nombre incalculable de chevaux que les hommes abattaient et dévoraient sur place…

Emporté par les péripéties de ce mortel hiver, Félix s'évada très vite du compartiment plein.

Un éclat de voix lui fit lever les yeux. Une des deux filles, une blonde maquillée comme à carnaval, semblait prendre à partie la jeune femme souriante qui ne souriait plus du tout. Son voisin, le charmant Lame-de-Couteau, appuyait ce discours de hochements de tête hargneux. Félix croisa le regard du garçon grassouillet assis en face de lui. Il lut de la peur sur son visage de clown triste, et se détourna, gêné. Quelle ambiance, dans cette colo… Il monta le son de son lecteur et repartit en 1812.

– C'est immonde de nous prendre nos portables ! vociférait alors la blonde.

– C'est le contrat que vous avez tous signé, rétorqua l'accompagnatrice avec calme. Pas de portables, pas de sorties, pas de visites pendant deux mois. Vous pourrez appeler vos parents une fois par semaine de la ferme.

– Mais j'm'en fous de mes parents ! glapit la blonde. C'est mes potes que je veux appeler !

– Tu sais que ce stage a pour but de rompre avec vos anciennes habitudes, avec des relations qui ne sont pas bonnes pour vous, expliqua patiemment la jeune femme. Il faut apprendre d'autres choses, construire du neuf, rencontrer d'autres gens…

– Rencontrer qui, dans un trou pourri en pleine cambrousse ? râla la blonde. Des bouseux en salopette ?

– Pourquoi pas ? Porter une salopette n'empêche pas d'être intéressant.

La blonde haussa les épaules avec mépris. Lame-de-Couteau enchaîna :

– En tout cas, faut pas compter sur moi pour toucher un bourrin !

– Eh bien, si tu ne montes pas tu pourras toujours nettoyer les écuries, rétorqua la jeune femme avec un sourire moqueur.

– N'importe quoi ! s'exclama le jeune. Jamais j'approcherai ces bestioles !

Félix revint au XXI$^{e}$ siècle en reconnaissant la grande forêt de chênes qui se déployait dans le crépuscule, peu avant Musson-les-Sept-Fonts. Il referma son livre, enleva ses écouteurs et s'étonna de voir ses compagnons de wagon s'apprêter eux aussi. D'habitude il était seul, avec parfois une ou deux personnes âgées, à descendre dans cette gare minuscule. Drôle d'endroit pour des jeunes comme ceux-là ! Mais bientôt il serait débarrassé de leurs mines sinistres. Dans quelques minutes, il retrouverait l'étreinte puissante de son grand-père, les douces joues de sa mamie et il embarquerait dans leur vieux combi orange pour deux mois d'un bonheur sans mélange.

Le train ralentit, le quai apparut et, sous un lampadaire allumé, Félix reconnut les deux silhouettes familières qui l'attendaient. Une bouffée de joie et de tendresse l'envahit. Il aurait voulu courir et dévaler les marches du train mais les jeunes s'étaient agglutinés devant la porte. Il dut attendre qu'ils l'ouvrent, avec force récriminations, et qu'ils dégagent le passage de leurs ribambelles de bagages, de sacs et de poches. Quelle bande d'empotés !

Enfin, il bondit sur le quai, prit son élan pour sauter au cou de ses grands-parents et s'aperçut avec stupéfaction que la jeune femme souriante était déjà en train de leur serrer la main.

Le plus étrange étant que Grand-Père lui-même grimaçait une sorte de sourire, comme s'il s'efforçait de l'accueillir avec cordialité. Mamie, elle, faisait carrément la bise aux sinistres empotés. Était-ce une blague ? Un cauchemar ? Un gag pour la télé ?

Enfin sa grand-mère l'aperçut, ouvrit grand les bras et lui annonça d'un ton triomphal :

– Ah, mon chéri ! Voilà la surprise ! Je te présente tes nouveaux amis pour l'été !

# Les Martiens

Ils entassèrent leurs bagages dans l'antique minibus et s'empilèrent sur ses sièges avachis. Félix suivit le mouvement sans autre explication qu'un clin d'œil de son grand-père. Ce dernier prit le volant et le minibus démarra dans un nuage de fumée noire. Suzanne Maillet et la jeune femme souriante étaient les seules à parler, ou plutôt à crier pour couvrir les rugissements du moteur fatigué.

De cette conversation époumonée, Félix comprit trois choses. Une : la jeune femme souriante s'appelait Sonia et elle était l'éducatrice des sinistres empotés. Deux : les sinistres empotés étaient là pour un long stage d'équitation. Trois : l'été était fichu.

Mais quelle mouche avait piqué ses grands-parents, d'inviter des zigotos pareils ? Il se tourna vers la fenêtre ouverte, bien décidé à ignorer les intrus. L'air de la nuit, au tendre parfum de foin frais, lui mit un peu de baume au cœur. Par-delà les feuillages, une nuit veloutée déroulait ses étoiles. Au Clos Vert, loin des lampadaires de la ville, les cieux nocturnes révélaient leurs merveilles. Mamie plantait sa lunette astronomique sur la terrasse et, carte fluorescente en main, ils essayaient de repérer les astres de l'été. Félix s'assombrit. Parviendraient-ils à être un peu tranquilles ?

L'entrée dans le petit bois mit fin à ses ruminations. Il passa la tête par la fenêtre, respira à pleins poumons la senteur particulière de ce petit bois là. Son cœur bondit d'excitation. Ses pieds gigotaient tout seuls. Enfin, la vieille ferme de calcaire blanc et son énorme noyer se dessinèrent dans le crépuscule. Le minibus cahota dans le chemin d'accès, griffé au passage par les noisetiers. Un grand chien roux apparut soudain dans la lumière des phares, bondissant follement. À peine Amédée gara-t-il le combi à l'arrière des écuries que Félix en jaillit. Jo le setter lui sauta dans les bras, bien déterminé à le débarbouiller à la langue, cheveux compris. Bientôt le garçon et le chien roulaient au sol, hors d'haleine, ivres de joie. Par la fenêtre du minibus, quatre autres passagers les observaient avec un mélange de dégoût, de peur et d'envie.

Au milieu de la grande cuisine, leurs bagages au bout des bras, les adolescents avaient l'air aussi désemparés que des Martiens fraîchement débarqués. Suzanne s'empressait, offrait une chaise, un verre d'eau, une part de tarte.

– Vous avez mangé, au moins ? s'inquiéta-t-elle.

– Oui, nous avions un pique-nique pour le voyage, répondit Sonia. Je crois que nous avons surtout besoin d'une bonne nuit de sommeil et que tout ira mieux demain.

– 'm'étonnerait. Ce sera sûrement pire en plein jour, grinça Zoé entre ses dents.

– Mais bien sûr, où avais-je la tête ? s'écria Suzanne. Vous êtes épuisés ! Venez, que je vous montre vos chambres !

D'un pas de condamnés à la prison à vie, les ados la suivirent dans un corridor pavé de tomettes brunes. Ils escaladèrent un escalier de bois ciré et firent halte sur un palier décoré de scènes de chasse à courre.

– La chambre des garçons ! claironna Suzanne en ouvrant une porte.

Ils pénétrèrent à sa suite dans une pièce haute de plafond, avec un parquet de chêne clair patiné par les ans. Un papier jaune orné de fleurettes couvrait les murs. Un angle était occupé par une imposante cheminée de pierre et deux lits à montants de cuivre finissaient de remplir la pièce. Figé sur le seuil, Aziz observa la pièce du sol au plafond.

– Purée, c'est la cinquième dimension, grogna-t-il.

Suzanne prit cela pour un compliment et rayonna de fierté car elle s'était donné bien du mal pour briquer cette pièce inutilisée depuis des lustres. Elle leur indiqua une petite porte recouverte de papier peint.

– Vous avez ici un placard pour ranger vos vêtements, et par là, on va à la salle d'eau et au petit coin.

Aziz ouvrit des yeux ronds. La saldo ? Un genre d'endroit pour faire du judo ? Le coin de quoi ? Pourquoi petit ?

Pendant qu'il cogitait, Maxime avait promptement pris possession du meilleur lit, près de la fenêtre, et déballait déjà ses affaires.

– J'ai gardé la plus jolie chambre pour ces demoiselles, affirma Suzanne en ouvrant une autre porte sur le palier. On l'a toute refaite l'hiver dernier !

Elles pénétrèrent dans une pièce de belles dimensions, hélas tapissée de branchages mauves. Elle était meublée de deux lits recouverts de plaids au crochet, de tables de nuit aux pieds tarabiscotés, d'une coiffeuse au plateau de marbre et d'un fauteuil crapaud en velours rose.

Zoé ouvrit la bouche mais un coup d'œil féroce de Sonia lui fit ravaler son commentaire.

– Et voici votre cabinet de toilette privé ! renchérit Suzanne en ouvrant une autre porte.

– Ah, ça, c'est bien, souffla Zoé.

Nonchalamment, Myriam alla écarter les grands rideaux de cotonnade lilas qui masquaient la fenêtre.

– Vous ne verrez rien à cette heure, prévint Suzanne. Mais au jour vous aurez une belle vue. La plus jolie de toute la maison, je dirais.

Silencieuse, maussade, la grande fille ténébreuse s'allongea sur le lit le plus proche.

– Si vous pouviez ôter les chaussures, pour le dessus-de-lit ? demanda Suzanne.

L'ado se redressa, délaça ses bottes de cuir noir et les lâcha une par une sur le parquet, toujours sans mot dire. Suzanne parut froissée. Sonia intervint d'un ton joyeux :

– Je vous souhaite une bonne nuit, les filles ! Prenez des forces pour demain !

Puis elle passa son bras sous celui de la vieille dame et l'entraîna.

– Et moi, Suzanne, ai-je aussi une jolie chambre ?

– Oh, oui, je vous ai donné celle de ma fille.

Dans leur dos, Zoé fit une grimace atroce et sauta sur le second lit, baskets aux pieds.

Dans le couloir, les deux femmes croisèrent Félix qui rentrait de ses retrouvailles avec Tonka, apaisé, du foin plein les cheveux.

– Toi, mon chéri, tu sais où es ta chambre ! sourit sa grand-mère.

– Oui, hésita Félix, mais je me disais que peut-être…

– Nous sommes un peu envahissants, n’est-ce pas ? compatit Sonia.

– Mais non, coupa Suzanne. Comme ça il a des copains et des copines pour l’été, au lieu d’être toujours tout seul ! N’est-ce pas, mon chéri ?

– Mouifff ! souffla Félix qui rêvait d’avoir cinq ans pour pouvoir trépigner de rage et se rouler par terre devant cette intrusion massive de nuisibles dans son paradis.

# Debout, là-dedans !

À presque six heures, en ce beau matin de juillet, le soleil s'élevait déjà à l'horizon. Amédée ne dormait plus depuis longtemps. Son esprit fatigué brassait des chiffres et des échéances, échafaudait des solutions, cherchait, comptait, cherchait encore. Où trouver de l'argent ? Les gosses du juge, en admettant qu'ils restent, lui donnaient un répit pour payer juillet et août. Mais pour septembre ?

Amédée embrassa les cheveux de Suzanne qui s'éveilla à son tour. Il se leva et se dirigea vers la salle d'eau, les articulations douloureuses. Le matin, il lui semblait toujours grincer comme une vieille brouette.

Un peu plus tard, rasé, peigné et vêtu d'un bleu de travail propre, il frappait à la chambre des garçons.

– C'est l'heure !

Silence.

Amédée leva son poing massif et tambourina la porte.

– C'EST L'HEURE !

Cette fois, la voix pâteuse d'Aziz répondit :

– Mgghnn ? Gné l'heure de quoi ?

– L'heure de se lever, pardi !

Quelques secondes s'écoulèrent. Aziz glapit, une note d'hystérie dans la voix :

– Mais c'est six heures douze !

Toute la patience dont disposait Amédée étant dévolue à ses chevaux, il ne lui en restait guère pour les humains. Aussi ouvrit-il brusquement la porte. Il fonça vers la fenêtre, tira en grand les rideaux et fit claquer les volets.

– Descendez vite si vous voulez manger avant de travailler, annonça-t-il.

Ignorant les plaintes vociférées sous les couettes, Amédée s'éloigna pour frapper à la chambre des filles.

À la cuisine, il retrouva Suzanne qui s'affairait aux fourneaux et Félix, les cheveux en bataille, le nez dans un bol de lait.

– Bonjour, Grand-Père.

– Bonjour, mon petit. Bien dormi ?

Ils partagèrent d'énormes tartines dans un silence amical. Puis des pas descendirent pesamment l'escalier et Maxime apparut.

– Bonjour, lança Félix.

– Bonjour, mon garçon. Viens t'asseoir, dit Suzanne. Sers-toi.

Les yeux de Maxime brillèrent en découvrant le pain grillé, la motte de beurre frais, le miel d'acacia et les confitures maison, les œufs durs, l'assiette de jambon, le plateau de fromages, la corbeille d'abricots.

– Ils descendent aussi, tes copains ? questionna Amédée.

La bouche pleine, Maxime hocha la tête. Peu de temps après, en effet, Zoé, Myriam et Aziz firent leur apparition. Yeux bouffis, visage fermé, l'air transi et mal disposé. Amédée haussa un sourcil devant leur accoutrement. Malgré le soleil éclatant, Myriam était vêtue de noir des pieds à la tête et portait en bandoulière une petite besace de cuir verni, en forme de cercueil. À l'inverse, Aziz portait un survêtement immaculé et des baskets d'un blanc de neige. Quant à Zoé, sa tenue se composait d'un chemisier rose au décolleté plongeant, d'une minijupe rouge cerise et de ballerines mauves. Sonia, plus sobrement vêtue d'un t-shirt et d'un jean, dévala à son tour l'escalier et salua gaiement les uns et les autres. D'un geste large, Amédée les invita tous à passer à table.

– Alors, qu'est-ce que vous prenez le matin ? s'enquit Suzanne.

– Du thé, s'il vous plaît, demanda Sonia en tâtant les abricots.

– Rien, marmonnèrent en chœur les trois ados.

– Oh, c'est pas bon d'entamer la journée le ventre vide ! s'inquiéta Suzanne. Mangez au moins une petite tartine avec un café au lait !

Zoé et Myriam se laissèrent convaincre mais Aziz refusa obstinément de sortir ses mains de ses poches et d'avaler une miette.

– Après, vous viendrez à l'écurie, annonça Amédée en repliant sa serviette. Ne traînez pas. On a du travail avant la chaleur.

Les ados s'approchèrent avec circonspection de l'écurie, raclant des pieds dans la poussière.

– C'est trop sombre, on y voit rien, râla Aziz.

– T'as qu'à retirer tes lunettes de soleil, crétin ! répondit Zoé. C'est dingue, ce que ça pue…

– Les chevaux ne puent pas ! protesta une voix indignée dans l'obscurité.

Félix sortit dans la lumière, une bride passée au creux du coude. Il était suivi de près par un petit alezan râblé, ravi de voir de nouvelles têtes. Hélas, les nouveaux firent un bond prodigieux en arrière. L'un d'entre eux courut même se cacher derrière le minibus. Déçu, l'alezan tenta une nouvelle approche mais Félix le retint.

– Viens par là, Tonka.

Il l'amena jusqu'à la barrière et entreprit de lui curer le sabot gauche.

– Purée, mais il est énorme ! T'as vu ses pattes ! souffla Zoé.

– Jamais de ma vie j'toucherai un truc pareil, jura Aziz.

Maxime se risqua hors de l'abri du minibus. Il recula toutefois d'un bon mètre quand Tonka tourna vers lui une tête curieuse, aux oreilles dressées.

– T'as pas peur qu'y rue ? Qu'y te morde ?

– Ben non, répondit Félix, surpris. Pourquoi ferait-il ça ?

– J'sais pas… Il a l'air nerveux !

Félix laissa glisser en douceur le pied de Tonka jusqu'au sol et considéra son cheval avec perplexité.

– Je crois qu'il est juste content de partir en balade.

Tonka approuva de la tête en faisant tinter son mors, puis décida de ronger la barrière pour tromper son impatience. Félix repoussa son nez.

– Arrête, tu vas te mettre des échardes !

Puis il passa sous l'encolure du cheval et, glissant la main le long de sa jambe droite, lui signifia de lever l'autre pied. Par jeu, Tonka s'y appuya de tout son poids.

– Arrêteee ! Tonkaaa ! se plaignit Félix. On perd du temps ! Tu sais qu'on doit être rentrés pour déjeuner.

Tonka leva obligeamment le sabot demandé.

– Y comprend tout ce que tu dis ? interrogea Maxime, éberlué.

– Évidemment ! répondit Félix.

Les autres ados ricanèrent. Il entendit la fille blonde lâcher avec mépris :

– N'importe quoi ! Il est débile, ce gosse…

Félix serra les dents, finit soigneusement son travail puis ajusta les sangles de sa selle. Il détacha les rênes de la barrière, glissa un pied dans l'étrier et bondit à cheval. Tonka s'ébroua, esquissa deux pas de côté. Les jeunes reculèrent avec un bel ensemble. Félix les ignora et siffla Jo. Le chien arriva ventre à terre, se faufila sous la haie et disparut. Tonka effectua un demi-tour serré, se ramassa sur lui-même et sauta la vieille barrière comme en se jouant. Le garçon collé à son encolure, le petit alezan fonça vers le bois.

– Un vrai malade, ce gosse, souffla Zoé en le suivant toutefois longuement du regard.

– Ho, les jeunes ! Venez par là, appela alors une grosse voix dans l'écurie.

# Rencontres

Ils s'avancèrent avec prudence. L'écurie sombre résonnait de bruits étranges, de coups étouffés, de reniflements. Peu à peu, leurs yeux s'accoutumèrent à la pénombre. Ils distinguèrent des box de bois répartis autour d'un large passage central. Chaque box comportait une porte et chaque porte s'ornait d'une énorme tête qui les observait.

Zoé eut un hoquet de surprise et recula sur les pieds d'Aziz.

– Oh, fais gaffe à mes pompes ! brailla celui-ci. Des Mikes à deux cents boules !

– Ça va, j'ai pas fait exprès, se rebiffa la blondinette. Tu vas pas nous gonfler pour des Mikes pourries ? Ce seraient des Renzo, encore !

Un coup de sabot sèchement frappé contre une porte les fit sursauter.

– Ça vient, fiston ! répondit Amédée. Toi, ajouta-t-il en tendant un seau de graines à Aziz, donne cette avoine à Gringo.

Le jeune enfonça ses mains dans ses poches à en faire craquer son survêt.

– Ah non, m'sieur ! Moi, j'peux pas. D'mandez à l'autre bouffon, fit-il en désignant Maxime du menton.

L'œil du vieil homme étincela.

– C'est à toi que je le demande. Dépêche-toi, Gringo n'aime pas attendre sa pitance.

Amédée ouvrit la porte d'un box et y enfourna le garçon et le seau d'une poigne d'acier. De panique, Aziz sortit ses mains de ses poches. Amédée y fourra le seau et, tenant à distance l'impatient Gringo, il montra au garçon où verser les grains. Le Paint Horse se précipita, souffla sur l'avoine puis plongea le nez dans son déjeuner avec enthousiasme.

– Pas de quoi avoir peur, fit remarquer le vieil homme.

– Sûr ! C'est pas un canasson qui va me foutre la trouille ! répliqua Aziz.

– Tant mieux, parce qu'il y en a encore quatre, annonça Amédée. Tu aideras tes copains.

Groupés dans l'allée, les autres attendaient de voir dans quel état Aziz sortirait. Il prit l'air dégagé de celui qui nourrit les fauves au zoo chaque matin.

– Prenez les seaux ! ordonna-t-il. Grouillez-vous !

– Zoé, tu t'occuperas de Miss, dans ce box, intervint Amédée. Toi, Maxime, tu prendras Volga, la belle blonde qui est derrière toi. Myriam, vois si tu peux t'entendre avec Cheyenne.

Amédée désigna un très grand cheval noir. L'animal recula dans l'ombre.

– Il n'aime pas les gens mais c'est un bon cheval, précisa le vieil homme.

– Pourquoi ?

D'étonnement, tous se tournèrent vers la jeune fille en noir qui n'avait pas desserré les dents depuis quarante-huit heures.

– Pourquoi quoi ? voulut savoir Amédée.

– Pourquoi il n'aime personne ? répéta Myriam.

Amédée haussa les épaules.

– Je l'ai acheté à des gens du cirque. Trop haut pour la voltige, ils disaient. Il était mort de faim. Il avait pris des coups. Depuis… il se méfie.

Myriam hocha la tête, empoigna un seau et s'avança vers le grand cheval noir qui n'aimait personne.

Devant la porte de Volga, Maxime avala sa salive. La jument comtoise était une splendeur, toute en rondeur et en lumière. Sa tête aux crins blonds dominait le garçon mais, entre ses cils roux, elle porta sur lui un regard tendre qui le fit frissonner. Il se dandina d'un pied sur l'autre. La jument ronfla doucement. Le garçon tendit la main. Avec une délicatesse infinie, la jument l'effleura. De longs poils le chatouillèrent, puis ses doigts rencontrèrent le satin tiède et velouté des naseaux. En cet instant, et pour la première fois de sa vie, Maxime tomba raide dingue amoureux.

– Monsieur Maillet, pourrais-je vous dire un mot ?

Sonia s'était glissée dans la sellerie et faisait signe au vieil homme. Il s'approcha. Sonia tortilla un brin de paille.

– Monsieur Maillet, il faut que je vous dise quelque chose…

Elle tripota sa frange.

Amédée attendait, sourcils froncés.

La jeune femme inspira profondément puis chuchota d'une traite :

– J'ai peur des chevaux ! J'accompagne ces jeunes parce que j'ai absolument besoin d'un travail. J'ai honte mais j'ai vraiment très peur. Horriblement peur. Voilà.

Elle leva sur lui des yeux suppliants. Amédée hocha la tête.

– Giroflée va s'occuper de vous, annonça-t-il.

– Je… Giroflée ? C'est… qui ? bafouilla Sonia.

– Le cheval le plus tranquille du monde, expliqua Amédée.

Il l'entraîna dans une stalle. Une jument baie, le dos creusé d'avoir porté tant et tant de cavaliers, leva la tête de sa mangeoire. Elle les jaugea de ses yeux de biche puis retourna à son casse-croûte.

Amédée prit la main de Sonia et la posa sur l'encolure parsemée de poils blancs. La jeune femme frémit mais la jument ne broncha pas.

– Giroflée a dix-neuf ans, annonça Amédée. Elle a vu passer tous les débutants du canton et elle ne m'en a jamais fichu un par terre. Maintenant, elle ne marche qu'au pas. Elle va vous apprendre.

– Vous… vous croyez ?

– Bougez pas, lui intima-t-il en quittant le box.

Sonia n'osa pas enlever sa main tremblante de l'encolure de la vieille jument. Celle-ci ne bougeait guère plus qu'une statue de cheval. Au bout de deux interminables minutes, Amédée réapparut, tenant un licol de coton.

– Venez voir, vous autres !

Les quatre jeunes arrivèrent tour à tour.

– Ceci est un licol. Regardez comment ça s'enfile.

Il tendit l'objet à Sonia qui ouvrit des yeux affolés. Le vieil homme attrapa Giroflée par son menton barbu. Sans cesser de mâcher, la jument enfila son nez dans le rond de courroies et, guidée par Amédée, Sonia ferma la boucle du licol. Puis elle cacha ses mains moites dans son dos et sourit faiblement.

– À vous autres, commanda Amédée. Les licols sont dans la sellerie. Chaque cheval à une patère à son nom. Me foutez pas le bazar.

# Mise au poing

Amédée passa de box en box pour vérifier l'avancée du harnachement.

Maxime s'en était bien sorti. Le licol était bouclé et le garçon, les mains plongées dans l'épaisse crinière blonde de Volga, chuchotait des mots doux à la grosse jument. Comme pris en faute, il sursauta à l'arrivée d'Amédée.

– C'est pas trop mal, le complimenta celui-ci.

Il lui montra comment tenir la corde du licol, une main près de la bouche du cheval, et l'invita à sortir de l'écurie. Maxime fit deux pas incertains vers la porte. L'imposante jument avança docilement derrière lui. Le garçon s'arrêta, ébloui.

– Elle… Elle me suit… balbutia-t-il, pâle d'émotion.

– Alors sors donc, mon garçon, bougonna Amédée. On n'a pas toute la journée.

Maxime se remit en marche, la belle tête de Volga à son épaule. Il s'avança dans la lumière éclatante de ce matin d'été, auréolé d'une gloire nouvelle et inconnue.

Zoé aussi s'en sortait bien.

– Un licol, ça se ferme comme une ceinture, confia-t-elle à Amédée. Mais ce marron, c'est d'un moche ! Sur un pelage blanc, du noir ou du rouge ce serait vachement plus classe !

Amédée haussa les épaules en marmonnant « On dit pas un pelage, on dit une robe » et l'envoya rejoindre Maxime dehors.

Dans son box, Gringo s'amusait bien. Avec force jurons, Aziz essayait vainement de lui enfiler un minuscule licol dans lequel ses naseaux rentraient à peine. Dès que le jeune tentait une manœuvre, le Paint Horse secouait la tête et envoyait le harnais voler dans la paille.

– Saleté d'crevure, gronda le jeune excédé, levant un poing vengeur.

Un étau immobilisa soudain son bras en l'air. Dans son oreille, la voix d'Amédée avait une froideur de glace.

– Pas de gros mots sous mon toit, compris ?

Aziz essaya de se dégager mais l'étau se resserra d'un cran.

– Ouais, ça va ! Vous m'faites mal ! grogna-t-il.

Amédée relâcha sa prise et le jeune se frotta le bras.

– Si je te vois encore lever la main sur mes chevaux, ajouta posément Amédée, je te pèle le dos à coups de fouet.

Il ignora les regards haineux du garçon et ramassa le licol tombé dans la paille.

– C'est un licol de poney, ça. Viens avec moi dans la sellerie.

Un autre tête-à-tête se déroulait non loin de là. Rencogné dans l'angle le plus reculé de son box, le grand Cheyenne observait la fille assise dans sa mangeoire. Myriam s'était hissée dans la longue auge de bois qui occupait tout un pan du mur, vestige du temps lointain où l'écurie avait été une étable. Adossée au mur, les jambes pendantes, les mains sur les genoux, elle semblait dormir. L'animal s'interrogeait sur cette humaine bizarre qui n'essayait pas de le toucher, ne gesticulait pas, ne donnait pas d'ordre et ne demandait rien puisqu'elle ne parlait pas. La curiosité fut la plus forte. Cheyenne tendit le cou et allongea le nez pour capter l'odeur de l'étrange étrangère. Il lui manquait un bon mètre. Il fit donc un pas un avant. Encore trop court. Deuxième pas. Rassuré par l'immobilité totale de Myriam, le grand cheval avança des naseaux prudents, prêt à broncher à la moindre alerte. Il effleura de ses lèvres poilues les grosses bottes de la jeune fille, sa chemise noire, son sac, son front, ses cheveux. Il s'emplit de l'humaine en répandant sur elle son souffle chaud et parfumé.

– C'est déjà beaucoup, ce que vous faites là, commenta Amédée, arrêté au seuil du box.

La fille et le cheval tournèrent vers lui leurs sombres regards.

– Pour le licol, ça peut attendre demain, dit-il avant de s'éloigner.

Giroflée, quant à elle, mastiqua longuement sa ration jusqu'au dernier grain d'avoine, puis décida que l'heure était venue de prendre l'air. Elle tourna lentement sur elle-même et sortit de l'écurie d'un pas de sénateur, Sonia en remorque, muette de terreur.

Les chevaux furent attachés et Amédée distribua des brosses, des peignes et des étrilles dont il enseigna l'usage.

– Purée, il est crade ! se plaignit Aziz en soulevant un nuage de poussière du dos de Gringo.

– C'est pour ça qu'on les brosse, répliqua Zoé. Hé m'sieur, je peux lui faire des tresses, à la Miss ?

Amédée était occupé à curer les sabots de Volga. Il fit la sourde oreille. Aziz déposa son blouson immaculé sur la barrière, à l'abri de la poussière, releva sa casquette sur son front et se concentra pour faire reluire la croupe tachetée de Gringo.

– Parole, comme y brille ! On dirait une carrosserie de BM !

Tout à son lustrage, il se retourna trop tard. Une sorte de chiffon blanc pendouillait de la bouche du petit cheval qui secouait gaiement sa trouvaille.

– Mais qu'est-ce qu'y bouffe, lui ? s'étonna-t-il.

Un hurlement d'horreur s'étrangla dans sa gorge lorsqu'il reconnut sa veste de survêt, enduite de bave verte et déjà copieusement mâchonnée. Il arracha le vêtement des dents de Gringo et s'avança, poings serrés. Un claquement sec retentit. Sa casquette vola. Son oreille droite sembla soudain bouillir. L'adolescent fit volte-face.

Amédée avait à la main un fouet noir dont l'immense lanière de cuir serpentait dans la poussière.

– Nous étions d'accord, pas vrai ? interrogea le vieil homme.

Une main sur l'oreille, Aziz resta pétrifié de stupeur.

– Mais… vous… c'est… balbutia-t-il.

– C'est une chambrière, expliqua Amédée au garçon sidéré. Dans le temps, j'ai gagné le concours régional de précision. On dirait que je n'ai pas trop perdu la main.

Comme pour se faire pardonner, Gringo vint gentiment pousser Aziz du bout du nez. Le garçon sursauta et reprit son brossage en grommelant de sourdes menaces.

C'est alors que la camionnette du facteur tourna le coin du bois. Gringo parut recevoir une décharge électrique. Naseaux dilatés, il hennit un défi au véhicule de la poste qui garda un silence prudent. Aziz, lui, recula d'un bond.

– Ne t'inquiète pas, il ne bougera pas, assura Amédée.

En effet, Gringo se contenta de frémir de tous ses membres, tendu comme un arc, tandis que la voiture jaune longeait la clôture et s'arrêtait dans la cour du Clos Vert. Tout en gardant le cheval à l'œil, Aziz vit Amédée signer toutes sortes de papiers et recevoir en échange une volumineuse enveloppe. Le postier partit, Amédée contempla son courrier d'un air sombre.

– Tiens, y rigole moins, le vieux schnock ! se réjouit le jeune.

# Quelques pas de deux

– Tout le monde est prêt ?

Amédée ouvrit la porte de la carrière de travail qui s'étendait derrière l'écurie. C'était un simple champ, grand comme une moitié de terrain de foot, couvert d'une herbe très rase et bordé par une large bande de sable. Des supports d'obstacles et des barres de bois aux couleurs défraîchies étaient entassés çà et là.

Amédée alignait face à lui ses élèves et leurs montures quand un tintement de fers retentit sur le ciment de l'écurie. Myriam et le grand Cheyenne sortirent dans la lumière comme deux oiseaux de nuit arrachés aux ténèbres. Le licol du cheval noir ne reposait que sur une seule de ses deux oreilles mais il ne semblait pas s'en soucier. Ils formaient un couple étrange, crins et cheveux aile de corbeau, qui vint se poster sans bruit en face d'Amédée.

Une ombre de sourire passa sur le visage du vieil homme. Puis il se dépêcha de froncer ses sourcils broussailleux et donna ses consignes :

– Aujourd'hui, vous allez faire connaissance avec votre chev…

– Quand est-ce qu'on monte ? le coupa Zoé.

Amédée ignora l'interruption mais un coup de poignet agacé fit claquer le grand fouet contre sa botte.

– Je veux que vous marchiez simplement dans toute la carrière, en lui parlant, comme si vous vous promeniez.

– Qu'est-ce qu'on lui dit ? intervint à nouveau Zoé.

– Ce que tu veux. Avec ta langue qui traîne par terre, tu devrais trouver des sujets de bavardage, rétorqua Amédée.

Il laissa aux autres le temps de rigoler et poursuivit :

– De temps en temps, arrêtez-vous, caressez votre cheval puis reprenez votre marche. Ne criez pas, ne tirez pas sur la longe. Allez, c'est parti.

Les jeunes et les chevaux s'égaillèrent dans toutes les directions. Sauf Giroflée qui ne bougea pas d'un pouce malgré les supplications de Sonia. Puis la vieille jument avisa une touffe d'herbe au pied d'un poteau et se dirigea dans sa direction d'un pas aussi lent que déterminé.

– Sonia, ne vous laissez pas faire ! l'encouragea Amédée. Il faut marcher, pas manger.

Au bout de dix minutes de tours et de détours, les jeunes parlaient à leur cheval comme à un vieux copain et échangeaient entre eux des plaisanteries. Maxime et Aziz partagèrent même un moment de franche hilarité quand Giroflée se soulagea d'un dôme de crottin fumant sous les yeux horrifiés de Sonia.

– Oh, le méga tas de mer… s'esclaffa Aziz, avant de croiser l'œil noir d'Amédée. Heu, non de caca… enfin, de crotte, comment on dit déjà ? De CROTTIN, voilà ! DE CROTTIN !

Plus tard, Amédée leur montra un nouvel exercice. Il se plaça face à Gringo, recula de quelques pas en laissant venir le cheval à lui, puis il s'avança et le cheval recula à son tour. Gringo réagissait au quart de tour comme s'il était relié au vieil homme par un invisible fil magique.

– Wahou, il le fait trop bien ! commenta Aziz.

– Il est très doué, reconnut Amédée en flattant l'encolure du petit cheval. Même pour un Paint Horse.

– Un pintorse ? Qu'est-ce que c'est que ça ?

– Un descendant des chevaux des Indiens d'Amérique, expliqua Amédée. Depuis des générations, les cow-boys les dressent à trier du bétail. Ils sont agiles, endurants. Leurs accélérations sont foudroyantes et ils s'arrêtent dans un mouchoir de poche…

Aziz siffla d'admiration en regardant Gringo d'un œil neuf.

– Comme une F1, quoi !

Amédée se demanda bien ce que pouvait être une « effun » mais il garda ses questions pour lui.

Pendant que les jeunes s'efforçaient d'obtenir la coopération de leur partenaire à quatre pattes, il les corrigea et les encouragea d'un ton bourru. À travers la toile de son bleu de travail, la grosse enveloppe lui brûlait la peau.

Au bout d'une heure d'exercices divers, le soleil tapait fort sur les crânes des citadins. Rouges comme des tomates, ils se plaignaient à qui mieux mieux d'avoir chaud, d'avoir soif et d'être fatigués. Amédée leur fit encore doucher les jambes des chevaux avec le tuyau d'arrosage de l'écurie, libérer leurs montures dans le grand champ près du bois, y porter des seaux d'eau pour remplir l'abreuvoir et, enfin, rincer les mors et raccrocher soigneusement les licols. À la suite de quoi Aziz, Zoé, Myriam et Maxime s'effondrèrent sur des bottes de paille, se passant de main en main une grande bouteille d'eau fraîche.

– J'suis complètement crevé, souffla Aziz.

– Tu auras le temps de reprendre des forces, dit Amédée. On ne fera les écuries que ce soir, à la fraîche.

– Je me demande si je préfère pas le centre éducatif, grinça le garçon.

– Moi, je ne bouge plus, affirma Zoé en se massant les mollets.

Mais quand le pas de Tonka résonna sur la route de la ferme, Zoé se redressa vivement, lissa ses cheveux blonds et vérifia que son maquillage n'avait pas coulé. Puis elle reprit une pose savamment alanguie sur sa botte de paille.

# Rapprochements

Les quatre jeunes observèrent Félix et Tonka avec un intérêt nouveau. Le petit alezan avait le poitrail marbré de sueur et la queue hérissée de lambeaux de fougères. Le visage du garçon était griffé de ronces, ses vêtements poudrés de poussière. Tous deux avaient l'air absolument heureux. Jo le setter surgit tout à coup d'un fourré, hors d'haleine. Il se précipita vers un seau d'eau qu'il lapa goulûment. Puis il s'écroula dans l'ombre de l'écurie et parut s'endormir aussitôt. Félix sauta à terre, déboucla la sangle de sa selle qu'il posa en équilibre sur la barrière. Tonka, friand de bain de pieds, se dirigea de lui-même vers le tuyau d'arrosage. Pendant que le garçon s'activait, Aziz l'apostropha :

– T'étais où ?

– On est allés jusqu'aux ruines d'un vieux moulin, de l'autre côté du bois, dit Félix avec un geste vague de la main en direction du sud.

– C'était loin ? s'enquit Maxime.

– Pas trop. Des fois, on part plus loin mais Mamie voulait que je rentre pour le déjeuner.

– T'as galopé ? demanda le gros garçon.

Félix rigola.

– À fond ! On adore ça !

– Tu peux partir tout seul ?

Le garçon haussa les épaules.

– Je ne risque pas de me perdre ici.

Il coupa le robinet d'eau et rangea le tuyau. Puis s'emparant d'un gros bouchon de paille dorée, il frotta énergiquement le dos, le poitrail et les jambes humides de Tonka.

– Mais si tu tombais ?

– Je remonterais, dit Félix, philosophe.

Il s'éloigna en direction du grand champ, Tonka sur ses talons. À l'approche de son compagnon d'écurie, Gringo lança des hennissements de bienvenue auxquels l'alezan répondit avec vigueur. Maxime les suivait à distance, fasciné. Félix ouvrit la porte et l'alezan pénétra dans le pré. Il embrassa Tonka sur le bout du nez, déboucla son filet et le petit cheval retrouva sa liberté. Il en profita aussitôt pour s'agenouiller, rouler sur le dos et se tortiller dans la poussière avec force battements de sabots et balancements d'encolure.

– Il est malade ? interrogea Maxime avec inquiétude.

Félix pouffa.

– Non, il se gratte !

Les deux garçons restèrent quelques minutes silencieux, admirant les contorsions de l'alezan qui se releva dans une cascade de poussière et s'en fut d'un trot léger retrouver ses congénères.

– Et pour vous, ça s'est bien passé ? demanda Félix poliment.

Rassasié de liberté et d'air pur, il se sentait un peu plus magnanime envers les envahisseurs.

Les yeux de Maxime s'étoilèrent.

– Oh oui ! Moi, j'ai eu Volga. Elle est belle ! Et intelligente ! Elle sait faire plein de trucs !

Félix trouva soudain l'envahisseur presque sympathique.

– Tu n'as encore rien vu. C'est une jument incroyable pour la monte à cru et la voltige.

Devant la tête ahurie du gamin, Félix dut s'expliquer :

– À cru, c'est sans selle. La voltige, c'est des acrobaties qu'on fait sur le dos du cheval pendant qu'il galope en rond. T'y connais rien en chevaux, pas vrai ?

– Non, reconnut Maxime l'air misérable. J'avais jamais été à la campagne.

Félix afficha à son tour une mine abasourdie.

– Tu veux dire jamais… jamais ?

Maxime hocha la tête.

– Je ne savais même pas que c'était possible, souffla Félix.

Devant lui s'ouvraient des perspectives de vies inimaginables, éteintes et grises comme de la vieille cendre. Il observa l'envahisseur du coin de l'œil. Ses vêtements informes et décolorés.

La semelle de sa tennis droite qui bâillait comme un crocodile. Ses joues trop rondes, son corps trop mou. Partagé entre le dédain et la pitié, il reprit subitement le chemin de la ferme. Maxime caressa des yeux Volga qui broutait et suivit Félix.

Dans la cuisine fraîche, ils retrouvèrent les autres jeunes en train de dresser le couvert d'un air maussade. « Ici, on ne se met pas les pieds sous la table, avait annoncé Amédée. Ce soir, il faudra aider à la cuisine. » Quand enfin ils purent s'asseoir, ils mouraient de faim. Suzanne déposa sur la table l'habituelle marmite de soupe (« aux pois gourmands », précisa-t-elle), un gros jambon à l'os, de la terrine de lapin, des pommes de terre nouvelles, une jatte de crème épaisse, un grand plat de haricots beurre, une laitue qui crissait de fraîcheur dans son saladier et des tomates encore tièdes du soleil matinal.

– Servez-vous, mes enfants, invita Suzanne avec la satisfaction de la cuisinière qui se sait en mesure de régaler son monde.

– Y a pas de la pizza ? dit alors Aziz.

– Ou des nouilles ? ajouta Zoé.

Le regard de Suzanne allait de l'un à l'autre, effaré.

– N-non, balbutia-t-elle. Mais je… je…

– Ici, on mange ce qu'il y a, énonça Amédée.

Assis en bout de table, il avait ouvert son

couteau et découpait une énorme miche en tartines larges comme des assiettes.

– J'aime pas, grogna Aziz.

– Moi non plus, rechigna Zoé.

– Eh bien, ne mangez pas, répliqua le vieil homme d'un ton tranquille.

Il prit l'assiette fumante que lui tendait sa femme et goûta sa soupe avec un claquement de langue satisfait.

Les yeux d'Aziz lancèrent des éclairs.

– Vous z'avez pas le droit de nous laisser crever de faim !

Il envoya valser son assiette, repoussa sa chaise d'un coup de pied et s'en fut dans les escaliers en criant des menaces.

Sonia voulut se lever à sa suite. Amédée posa sa main épaisse sur celle de la jeune femme.

– Mon petit, si j'étais vous, je n'irais pas. À forte faim, il n'y a pas de pain dur, disait mon grand-père.

– Oui, mais déjà, ce matin…

– Bah, il mangera mieux ce soir ! Tenez, goûtez-moi ce pâté, dit-il en lui présentant une terrine.

Sans un mot, Myriam tendit alors la main vers le jambon. Elle se servit une belle tranche qu'elle entreprit de garnir de pommes de terre et de salade. Ce fut comme un signal. Chacun se décida, les plats s'échangèrent, les assiettes se remplirent, les mâchoires s'activèrent et bientôt les commentaires allaient bon train sur les chevaux, les découvertes de la matinée, les expériences et les inquiétudes des uns et des autres. Un grand plateau de fromages et une tarte aux fraises achevèrent de réconcilier les convives.

Une douce torpeur les envahit. Maxime bâilla à se décrocher la mâchoire. Les yeux de Félix papillotaient. Amédée referma son couteau.

– Vous pourrez faire la sieste dès que vous aurez fini la vaisselle, leur annonça-t-il avec indulgence.

# Indiscrétions

Les pieds nus de Zoé ne faisaient aucun bruit sur le carrelage frais. Dehors, le soleil de juillet écrasait la ferme sous son œil ardent. Tout le monde dormait à poings fermés. La jeune fille pénétra dans le salon plongé dans la pénombre. Deux fauteuils faisaient face à une cheminée éteinte. À l'évidence, le salon servait peu à la belle saison. Zoé se dirigea vers un secrétaire installé dans un angle. La clé était dans la serrure. Elle s'assit en douceur sur la chaise et déverrouilla l'abattant. Ses doigts feuilletèrent une pile de factures, explorèrent quelques enveloppes, voletèrent d'un tiroir à un autre, n'y trouvant que des trombones, des crayons et un rouleau d'adhésif. Elle fronça les sourcils et referma le meuble. Dans la cuisine, peut-être ?

Zoé traversa le couloir à pas de loup et s'approcha du grand buffet. Le premier tiroir coulissa sans bruit. Il était rempli de pelotons de ficelle, de bougies à demi consumées et de vieux bouchons. Elle eut un petit claquement de langue dépité. Le deuxième tiroir gémit quand elle tira sa poignée métallique. La jeune fille s'arrêta et, le cœur battant, tendit l'oreille. Elle n'entendit que le tic-tac de l'horloge et le léger bourdonnement des abeilles affairées dans les lavandes, sur le pas de la porte. Retenant son souffle, elle força davantage sur la poignée. Le tiroir céda. Un sourire satisfait se dessina sur son visage. Le coin d'un porte-monnaie noir pointait sous une épaisse enveloppe. Elle l'attrapa délicatement entre le pouce et l'index. Le porte-monnaie de cuir usé s'ouvrit sur quelques billets et de la menue monnaie. Quarante euros à tout casser. Zoé fit la moue et préleva un billet de vingt euros. Elle glissa à nouveau la main dans le tiroir, explorant ses recoins, cherchant une réserve d'argent.

La main qui se posa sur son épaule faillit la faire hurler de terreur. Elle se retourna d'un bond, le cœur au bord des lèvres.

Aziz la regardait d'un air narquois.

– Mais t'es complètement malade, espèce de débile ! cracha-t-elle dans un chuchotement rageur. Tu m'as foutu la trouille ! Crétin ! Pauvre…

– Oh, oh ! l'interrompit Aziz. Tu te calmes ou tu vas réveiller les vioques !

Zoé lui asséna encore quelques injures bien senties puis s'enquit :

– Qu'est-ce que tu fous là, d'abord ?

– J'avais faim, j'suis venu chercher à bouffer.

Il montra une sorte de sandwich bricolé avec deux tranches de pain bourrées de pommes de terre et dc camembert.

– Et toi, t'as trouvé quoi ?

– Que dalle, répondit Zoé en cachant le billet au creux de son poing.

– Arrête, je t'ai vue prendre du fric.

– Regarde, si tu me crois pas.

Elle lui jeta le porte-monnaie.

– C'est des tocards, ces deux croulants, commenta Aziz avec mépris.

Il rejeta le porte-monnaie dans le tiroir. Son attention fut attirée par la grosse enveloppe.

– Le vieux l'a reçue tout à l'heure, il tirait drôlement la gueule.

– « Étude de maître Morsec, huissier de justice », lut Zoé à voix basse. Tiens… il aurait des problèmes avec les juges, lui aussi ?

Elle ouvrit doucement l'enveloppe et en sortit une épaisse liasse de documents qu'elle parcourut du regard.

– Je crois qu'ils ont de problèmes avec la ferme. On dirait qu'ils n'ont pas payé un truc… Retards de paiement… Saisie… Expulsion… Purée, ils sont dans la…

Un bruit à l'étage les fit sauter en l'air. Quelqu'un marchait au-dessus de leurs têtes.

– Moi, je me casse, fit Aziz.

Il se faufila dehors, laissant Zoé remettre fébrilement les papiers dans l'enveloppe, l'enveloppe dans le tiroir, le tiroir dans le buffet. Elle se précipita dans l'escalier aussi vite et aussi légèrement que possible et se coula dans la chambre des filles. Myriam dormait toujours, tournée vers le mur. Zoé s'allongea sur son lit, le billet serré dans sa paume moite. Il lui sembla poisseux. Elle eut envie de le jeter au loin.

# Une longue, longue journée

Au réveil de la sieste, le soleil commençait à descendre du firmament et une petite brise frisait le feuillage des tilleuls dans la cour. Suzanne leur servit de la menthe à l'eau dans de grands verres colorés où voguaient des glaçons et distribua des sablés aux amandes. Amédée, lui, distribua les tâches. Zoé ira porter le pain dur et les épluchures aux poules et rapportera les œufs. Maxime accompagnera Suzanne au potager pour cueillir des haricots. Félix, Myriam et Aziz viendront chercher des bottes de paille. Une fois ces missions accomplies, rendez-vous à l'écurie.

Zoé arriva bonne première, l'air agitée, le panier vide.

Amédée fronça le sourcil.

– Pas d'œufs aujourd'hui ? dit-il.

– Elles sont féroces, vos poules, s'indigna Zoé. J'ai même pas pu m'approcher ! En plus, elles battent des ailes ! Et en plus y avait de la crotte de partout !

Aziz, qui ployait sous le poids d'une botte de paille, ricana. Amédée adressa un clin d'œil à Félix.

– Accompagne-la, petit.

Au poulailler, cinq ou six poules de belle taille, au plumage blanc piqueté de noir, grattaient et picoraient avec ardeur le tas d'épluchures. Félix ouvrit la porte et frappa dans ses mains. Les poules s'écartèrent en piaillant pour laisser passer le garçon, Zoé sur ses talons. Ils pénétrèrent dans le poulailler, un cabanon poussiéreux plongé dans la pénombre. Il y régnait une âcre odeur de fiente.

– Ici aussi, ça pue, souffla Zoé.

– Ça sent la poule, commenta Félix.

– Elles sont où ? s'enquit la jeune fille d'une voix inquiète, comme si des poules enragées pouvaient surgir de l'ombre et leur sauter à la gorge.

Elle se rapprocha de Félix. Le garçon sentit son bras nu contre le sien et sursauta.

– Ici, dit-il en montrant des silhouettes enfouies dans la paille qui couvrait des planches fixées aux parois.

La tête rentrée dans le cou, le jabot gonflé et les ailes rangées autour d'elles comme de larges jupes, les poules ressemblaient à des ballons de plumes. Seuls leurs yeux noirs brillaient dans l'ombre. Félix caressa doucement le dos d'une grosse mémère poule qui ne broncha pas.

– Elles dorment ? demanda Zoé.

– Elles couvent, répondit Félix. Mais on va gentiment leur prendre leurs œufs. Regarde, comme ça.

Le garçon glissa une main décidée sous la poule qui gloussa d'indignation mais laissa partir son bel œuf opalescent.

– Allez, à toi. Essaye avec celle-là.

– Purée, j'ai la trouille !

Zoé approcha une main hésitante. La poule, courroucée, tourna vivement la tête et lui piqua le poignet du bec.

– AAAHH ! Elle m'a mordue, la vache !

Félix éclata de rire.

– Vas-y franchement. Il faut qu'elle sente que c'est toi le chef.

– Chef de poules, grommela Zoé, n'importe quoi !

– On le fait ensemble, proposa le garçon.

Il posa une main sur la sienne et la glissa sous la poule, tâtonnant entre paille, pattes et plumes jusqu'à ce que leurs doigts rencontrent une coquille lisse. La poule s'avoua vaincue. La mine outragée, elle se leva et sauta à terre, battant des ailes dans un nuage de poussière. Zoé poussa un cri de frayeur et se cramponna au bras du garçon.

– Regarde s'il est beau, souffla-t-il.

Dans le creux de paille blonde, un œuf reposait. Zoé s'en empara, s'étonnant de sa tiédeur, de sa douceur.

– Il y a un poussin dedans ? chuchota-t-elle.

– Peut-être qu'il y en aurait un, un jour. Mais on le mangera avant.

– C'est cruel !

– Tu ne diras plus ça quand tu auras goûté les omelettes de Mamie, remarqua Félix. Allez, on ramasse le reste. Regarde dans les nids vides, je m'occupe des poules.

Leur récolte s'éleva à dix œufs, bien calés dans le panier d'osier que portait triomphalement Zoé. Ils ressortirent du cabanon, éblouis par la lumière de juillet, tout à coup un peu gênés. Félix se dépêcha de rejoindre l'écurie et Zoé courut à la cuisine déposer son pactole.

La fin d'après-midi fut consacrée aux écuries. Armés de fourches, ils ôtèrent la couche de paille imprégnée de purin qui tapissait le sol des box. Amédée et Félix travaillaient en silence mais les jeunes poussèrent force exclamations de dégoût et d'horreur. Bon gré, mal gré, ils remplirent tout de même des brouettes et des brouettes qu'ils durent aller déverser sur le tas de fumier, à bonne distance de l'écurie.

Puis ils reçurent de grands balais aux poils de nylon rigide et frottèrent le sol de béton qu'Amédée aspergeait au jet d'eau. Il dut s'interrompre pour dénicher une paire de bottes pour Aziz qui se lamentait de la lente agonie de ses baskets, tartinées de saletés jusqu'à la cheville.

– Demain, vous tâcherez de vous habiller comme il faut, ronchonna le vieil homme. Quelle bande de baraquins !

– Mais j'ai pas de fringues de plouc, moi, s'insurgea Aziz. Que des trucs classe !

– Tu demanderas à Suzanne de te donner des vieux habits, répliqua Amédée. Sinon, ne viens pas te plaindre.

Lorsque le sol fut propre et sec, ils allèrent chercher de grandes brassées de paille qu'ils répartirent en un moelleux tapis doré dans chaque box.

– Dire que ces bestioles vont venir ch… heu, *crottiner* sur cette paille bien *clean*, ça m'fout les boules, râla Aziz.

Il s'apprêtait à s'affaler dans un coin d'ombre, le front en sueur, la paume des mains douloureuse, lorsque Amédée décida que l'heure était venue de rentrer les chevaux. Ils s'équipèrent de licols et se dirigèrent vers le grand pré. Le soleil déclinait à l'horizon. Leurs ombres les précédaient, longues sur les herbes sèches. Les chevaux vinrent à pas lents à leur rencontre, dans la douceur du soir et son parfum capiteux de thym, de tournesol et de terre sèche.

Maxime caressa Volga du bout des doigts, puis s'enhardit jusqu'à appuyer son front sur le ventre de la jument, tiède de la chaleur du jour. Elle tourna la tête pour lui effleurer l'épaule. Le garçon fut si ému de cet instant parfait que les larmes lui montèrent aux yeux. Est-ce que la vie pouvait vraiment ressembler à ça ?

Ils rentrèrent deux par deux, un cheval et un humain, dans la lumière d'or. Les chevaux reçurent une ration de grains, une brassée de foin, un seau d'eau fraîche.

– On a fini, là ? s'enquit Aziz, exténué.

– Presque, concéda Amédée. Après la douche, vous mettrez la table.

Sans plus de force pour se plaindre, le garçon se dirigea vers la ferme en traînant les pieds.

Une surprise les attendait. Lorsqu'ils furent tous assis autour de la table, Suzanne sortit du four trois gigantesques pizzas dégoulinantes de sauce tomate fraîche et de fromage râpé, ainsi qu'un énorme gratin de cannellonis doré à souhait. Sonia et les ados applaudirent, sifflèrent, tapèrent des pieds.

– Qu'est-ce que… commença Amédée.

– C'est la récompense de ces jeunes gens et de ces jeunes filles qui ont bien travaillé aujourd'hui, le coupa Suzanne.

– Et ma soupe ? grimaça le vieil homme.

– Il faut changer ses habitudes de temps en temps, répliqua sa femme. Donnez votre assiette, monsieur Maillet, ce soir vous mangez de la pizza !

– Alors, vous aimez, m'sieur ? lui demanda Aziz un peu plus tard.

Le garçon avait déjà englouti trois énormes parts et attaquait la quatrième avec enthousiasme. Amédée fit la moue.

– C'est pas trop mal… Tu aimes, toi, on dirait ?

– C'est le *best of* de la pizza, assura Aziz, la bouche pleine. Le top du top, ça serait de boire du Coca avec !

– Du Coca ! ronchonna Amédée. Il ne faut tout de même pas exagérer !

Une fois repus, les jeunes se levèrent en grimaçant. Leurs muscles peu habitués aux travaux de force criaient misère. Ils firent la vaisselle comme des somnambules et montèrent se coucher en bâillant. Ils se jetèrent sur leurs lits et, quelques minutes plus tard, dormaient tous comme des bûches.

# En selle !

Le lendemain matin, Amédée sonna le réveil au chant du coq. Le démarrage fut un tout petit peu plus facile. Ragaillardis par une bonne nuit de sommeil, les jeunes se présentèrent au petit déjeuner sinon avec le sourire, du moins avec un semblant d'énergie. Cette fois, personne ne se fit prier pour dévorer des tartines et avaler des boissons chaudes.

Amédée surgit soudain, chargé de vêtements et de vieilles bottes.

– Aujourd'hui, vous montez à cheval, leur annonça-t-il. Pas question de garder vos affûtiaux.

Ignorant les protestations outrées d'Aziz et de Zoé, il leur flanqua le tas sur les bras.

– Trouvez-vous un habit digne de ce nom et ne traînez pas.

Zoé tira sur la jambière d'un antique pantalon de cheval râpé aux genoux et fit la grimace.

– On va avoir l'air de pedzouilles…

Mi-râlant, mi-rigolant, chacun fit son choix et se retira à fin d'essayage. Lorsqu'ils se croisèrent à nouveau, le fou rire les emporta. Zoé nageait dans un pantalon qu'elle avait dû rouler à la taille et ses jambes étaient enfoncées dans de lourdes bottes de caoutchouc vert. Aziz avait revêtu un pantalon de chasseur kaki, mangé aux mites. Maxime portait un bleu de travail qui le boudinait et Myriam une immense salopette rapiécée.

– C'est trop la honte ! se morfondit Aziz. Si mes potes me voyaient…

Ils rejoignirent l'écurie en rasant les murs et Zoé remercia secrètement la providence que Félix semblât avoir disparu.

Mais bientôt l'excitation les gagna et ils oublièrent leurs accoutrements. Les chevaux furent salués, caressés, nourris, brossés, étrillés et leurs pieds curés. Des bombes de velours râpé furent posées sur les crânes et convenablement ajustées. Amédée montra ensuite comment poser le tapis de selle pour ne pas blesser le dos du cheval, comment ajuster la selle et régler ses étriers à la longueur d'un bras, comment mettre le filet en glissant un doigt léger à la commissure des lèvres.

Se débrouiller de toutes ces sangles, étrivières et filets leur prit un temps considérable. Zoé, qui hésitait à approcher son doigt de la bouche de Miss, fut horrifiée de voir entrer Félix dans le box pour lui proposer son aide. Une brûlure inhabituelle lui chauffa les joues jusqu'à la pointe des oreilles. Mais Félix n'accorda un regard ni à ses vêtements ni à sa figure. Il brida la fine jument blanche avec dextérité et s'en fut aider Sonia qui tenait son tapis de selle comme un torero et rassemblait son courage pour le jeter sur le dos d'une Giroflée flegmatique.

Bien alignés dans la carrière, chacun fut mis en selle par Amédée.

Se tourner vers l'arrière du cheval. Rassembler les rênes dans la main gauche et saisir fermement le pommeau de la selle. Glisser la pointe du pied gauche dans l'étrier et s'élancer. Marquer un temps d'arrêt jambes tendues. Passer la jambe droite en souplesse. S'asseoir avec légèreté.

Telle était la théorie.

La réalité fut que les rênes leur glissèrent des doigts comme des anguilles, qu'ils peinèrent à hisser leur pied jusqu'à l'étrier, qu'ils sautillèrent sur une jambe de manière ridicule en soufflant comme des bœufs avant d'être poussés aux fesses par Amédée jusqu'à la selle, où ils s'avachirent avec la grâce de sacs de patates.

Sonia poussa en outre de petits cris effarouchés pendant toute l'opération bien que Giroflée ne bougeât pas plus qu'un cheval empaillé.

Mais une fois là-haut, le monde leur parut différent.

Plus neuf. Plus coloré. Plus vaste.

Amédée apaisa Miss qui dansait sur ses sabots gris. Il fallut aussi calmer Aziz qui se prit instantanément pour un cow-boy et s'agitait comme un beau diable. Maxime, lui, était pétrifié. Une joie intense soulevait son cœur tandis qu'il flattait l'encolure brillante de Volga et sentait son grand corps se mouvoir sous le sien. Myriam et Cheyenne, d'un calme impénétrable, semblaient plongés dans un rêve qui n'appartenait qu'à eux.

Aidé de Félix, le vieil homme resserra les sous-ventrières des selles, régla des étriers dissymétriques et leur montra comment tenir les rênes, les pouces posés à plat sur le dessus. « Comme sur une Gameboy ! » commenta Aziz en ne recueillant qu'un reniflement interrogatif d'Amédée. Puis il leur enjoignit de baisser les talons, de serrer un peu les jambes et d'ouvrir les doigts. À la grande émotion de leurs cavaliers, les chevaux se mirent en marche, sauf la vieille jument qu'Amédée dut tirer par la bride jusqu'à la piste de sable. Bientôt ils y marchèrent tous à la queue leu leu, Gringo en tête, tout guilleret, Giroflée fermant la marche d'un pas somnolent.

Amédée leur demanda d'abandonner rênes et étriers pour accomplir toutes sortes d'assouplissements. Ils moulinèrent des bras, relevèrent leurs genoux, pivotèrent du buste, se penchèrent en avant pour toucher l'épaule de leur monture, puis en arrière pour lui caresser la croupe, une attention que Miss n'apprécia guère. Elle effectua un petit entrechat qui laissa Zoé pâle et pantelante, cramponnée à sa crinière blanche.

– Toujours en douceur avec cette demoiselle, conseilla Amédée. Elle a du sang d'arabe, un peu vif!

– Ouais, nous, les Arabes… commença Aziz.

Mais nul ne sut jamais la fin car Amédée réclama le silence, ponctuant son ordre d'un claquement de chambrière qui fit dresser les oreilles des chevaux et les cheveux sur la tête du garçon.

Les yeux du vieil homme, sous ses sourcils broussailleux, allaient de l'un à l'autre. De temps à autre, il lançait un conseil : « Maxime, abaisse tes mains », « Zoé, pense à tes talons », « Aziz, penche-toi un peu en arrière »… Parfois, lorsqu'un cheval faisait mine de ralentir ou manifestait son envie de distraction, il prononçait son nom d'une voix ferme, avec un claquement de langue ou une douce onomatopée.

Cavaliers et chevaux se détendirent. Même Sonia parvint à lâcher de brefs instants le pommeau de sa selle, à desserrer les mâchoires et à se laisser porter par le pas lent de sa monture. Amédée leur apprit alors à ouvrir une rêne, en pressant le mollet du même côté, pour demander à leur cheval d'effectuer un cercle. Ils exécutèrent ainsi de nombreuses voltes, plus ou moins rondes. Puis il dispersa au sol des barres d'obstacle que les chevaux devaient enjamber sans ralentir leur marche. Ces barres effrayèrent Cheyenne. À la stupeur générale, Myriam se mit alors à lui parler d'une voix basse et chantante. Peu à peu, le grand cheval noir cessa de rouler des yeux, de piétiner, de reculer. Avec la plus grande patience, la jeune fille l'amena à passer une barre, puis une autre, d'un pas tranquille, sans cesser de lui glisser des mots tendres. Ces efforts lui valurent de la part d'Amédée un « C'est bien, mon petit » que Myriam ne sembla pas entendre.

Après un temps de marche tranquille, le vieux moniteur annonça : « Maintenant raccourcissez un peu vos rênes, asseyez-vous au fond de la selle, les épaules en arrière… vous allez trotter. » Un frémissement d'inquiétude et d'excitation parcourut les rangs. « Desserrez les doigts, donnez un petit coup de talon… Au trot ! » Au même instant, la chambrière claqua doucement au ras du sol. D'un même élan, les chevaux changèrent d'allure. Aziz ne put retenir un « Yeah ! » de triomphe. Les yeux de Maxime riboulaient de joie tandis qu'il rebondissait comme une balle sur le large dos de Volga. Même Giroflée se laissa convaincre de secouer Sonia comme un prunier de son trot raide pendant quelques mètres, puis toutes deux furent bien contentes de s'arrêter. Très vite, Zoé dut retenir l'élan fougueux de Miss, prête à dépasser Cheyenne qui allongeait pourtant ses grandes enjambées. « Les épaules en arrière », répétait Amédée, en émettant de longs « hohôôô » apaisants.

« C'est bien. Revenez au pas, caressez vos chevaux. »

Après quelques tours de détente, il les rassembla au centre de la carrière pour expliquer comment descendre de cheval avec élégance. Ce fut plus ou moins réussi. Ils finirent tous par toucher le sol mais pas forcément les pieds en premier. Néanmoins, leurs visages cramoisis de soleil reflétaient leur plaisir.

– C'était trop bien, m'sieur, osa chuchoter Maxime.

– J'ai a-do-ré, ajouta Zoé en écartant le long toupet de Miss pour l'embrasser sur le chanfrein.

La jument blanche en profita pour se gratter le nez contre la jeune fille.

– Vous avez vu, comment j'ai trotté ! rugit Aziz à la cantonade.

– On a tous trotté ! répliqua Sonia d'un ton triomphal.

Myriam ne dit rien mais Amédée remarqua dans ses yeux une étincelle qu'il connaissait bien. Il ne l'aurait avoué pour rien au monde mais cette heure d'enseignement lui avait, à lui aussi, procuré une joie qu'il croyait à jamais perdue.

# À la rivière

Toute la semaine, ils poursuivirent les leçons. Ils firent des dizaines d'exercices et tournèrent en rond en tous sens, voyant avec envie Félix sauter en selle et disparaître avec Tonka dans la campagne, cheveux au vent. Ils eurent des ampoules aux fesses. Ils eurent des courbatures aux mollets, aux cuisses, aux épaules, aux doigts et à toutes sortes de muscles dont ils ignoraient l'existence. Ils se couchèrent rompus et se réveillèrent en gémissant. Ils furent découragés, furieux, épuisés. Ils finirent tous, sauf Sonia, par tomber dans le sable ou dans l'herbe. Amédée les obligea à se relever aussitôt et, sans leur laisser le temps de s'épousseter, de pleurer ou même de se plaindre, les fit remonter en selle. Mais chaque jour apportait un progrès, une avancée, une conquête. Ils furent courageux. Ils furent fiers. Ils furent heureux.

Le samedi soir, alors qu'ils peinaient à garder les yeux assez ouverts pour regarder dans leur assiette, Amédée annonça :

– Demain, c'est dimanche. Il n'y aura pas de leçon.

Un soupir de soulagement parcourut la tablée.

– Alors, on pourra faire la grasse matinée ? souffla Zoé d'une petite voix pleine d'espoir.

– Ouais, laissez-nous dormir… implora Aziz.

Le regard d'Amédée croisa celui de Félix. Ils échangèrent un sourire.

– On pensait plutôt vous proposer une balade jusqu'à la rivière, dit-il.

– Avec un grand pique-nique, précisa Suzanne.

– À pied ? grommela Aziz.

– À cheval ! répondit Amédée.

Comme par magie, la fatigue s'effaça des visages fourbus. L'excitation se répandit comme une traînée de poudre autour de la table.

– C'est loin la rivière ?

– On pourra se baigner ?

– On y va tous ?

– Faudra se lever tôt ?

Amédée leva la main.

– On partira vers neuf heures, ce n'est pas si tôt. Il nous faudra marcher plus d'une heure. Prenez vos maillots. Mais, ajouta-t-il en s'adressant à Maxime, il va falloir qu'on attelle Volga à la carriole. C'est toi qui la guideras et je crois que ça te plaira. Je te confierai Suzanne et le pique-nique.

Maxime opina, l'air un peu déçu toutefois. En revanche Sonia sembla ravie et soulagée quand Amédée lui demanda de renoncer à monter Giroflée dont il avait besoin pour accompagner les autres cavaliers. Finalement, après bien des discussions, ils eurent du mal à aller se coucher tant il leur tardait d'être au lendemain.

Cette fois, ils sautèrent du lit sans regrets et expédièrent leur petit déjeuner en un clin d'œil. L'écurie résonnait déjà du bruit des préparatifs. La porte du bûcher était grande ouverte. Les ados écarquillèrent les yeux quand émergea de l'ombre une jolie carriole, tirée par Félix et poussée par Amédée. Elle était montée sur de hautes roues peintes de couleur crème, comme ses brancards. La caisse comportait un siège de cocher et une banquette recouverts de cuir. Elle reposait sur d'épais ressorts qui tenaient lieu de suspensions. Amédée et Félix firent virer la carriole dans la cour et la déposèrent face à l'écurie. Le vieil homme héla Maxime :

– Viens chercher le harnais, mon garçon.

Ils se rendirent dans le box de Volga, les bras chargés d'un collier d'attelage, de diverses sangles et de très longues rênes. Quand la jument fut prête, ils l'amenèrent devant les deux brancards entre lesquels, bonne fille, elle recula d'elle-même. Maxime n'en croyait pas ses yeux. Amédée finit par lui conseiller de fermer la bouche sans quoi il y entrerait des mouches. Lorsque le harnachement fut bouclé, Amédée grimpa dans la carriole et invita Maxime à le rejoindre. Assis côte à côte sur le siège de cuir patiné, il lui indiqua le maniement du frein, un gros levier de métal situé dans les pieds du conducteur. Il lui montra aussi le support de fer ouvragé destiné au manche de la chambrière et, enfin, lui apprit quelques rudiments de conduite de véhicule hippomobile. Puis il descendit de la carriole en ajoutant :

– De toute façon, Volga sait ce qu'il faut faire. Et Suzanne aussi. Maintenant, va à la cuisine pour aider à porter le pique-nique.

Le gros garçon abandonna son trône de cuir à regret. Il mourait d'envie de partir à l'instant même. Cependant il alla se mettre au service de Suzanne qui le chargea de lourdes glacières et de paniers qui embaumaient la pâtisserie fraîche. Il parvint à les caser tous sous la banquette et reprit sa place. Soudain, il sauta à nouveau à terre, fila dans la maison et revint avec une casquette rouge cerise vissée sur la tête. Il faisait alors immanquablement penser à la souris rondelette transformée en cocher par la marraine de Cendrillon.

Quand enfin Amédée donna le signal du départ, la troupe avait fière allure. Suzanne et

Sonia, en robes d'été et chapeaux de paille, ressemblaient à deux princesses dans leur cabriolet, précédées de cinq chevaliers. Félix reçut l'ordre d'ouvrir la marche et Jo le setter vint se glisser dans l'ombre de Tonka. Derrière lui se placèrent Myriam, Zoé, Aziz et Amédée. Maxime desserra le frein, cria « Hue, Volga ! » et son cœur manqua un battement quand la carriole s'ébranla.

Les fers chantèrent sur le macadam lorsqu'ils empruntèrent la route qui menait au petit bois. Les chevaux semblaient heureux de partir en balade et tentaient de happer quelques appétissantes touffes de luzerne mauve sur le bas-côté. Les hirondelles qui nichaient dans la grange chassaient dans les hauteurs et leurs cris zébraient le ciel pur. Dans les champs de tournesol, des millions de petits soleils levaient la tête. Un enivrant parfum de liberté flottait dans l'air du matin.

Arrivés au petit bois, ils s'engagèrent dans un chemin caillouteux qui s'enfonçait sous une voûte de chênes. Il sentait l'humus, la fleur de ronce, la sauvagine. La carriole cahotait, frôlant les branches. Des poussières dorées tourbillonnaient dans les rais de soleil filtrés par le feuillage. Maxime surveillait l'encolure de Volga, les mouvements de ses oreilles, le rythme de ses pas. En tête de colonne, Félix, qui connaissait chaque pierre, chaque arbre et chaque détour du sentier, écartait une ronce lancée en travers du chemin ou signalait une branche basse. Il écoutait les commentaires ébahis des jeunes qui découvraient le bonheur si simple et si rare de marcher à cheval dans la nature.

Au cœur du bois, ils traversèrent une clairière inondée de soleil et piquée de genêts. Puis le chemin frangé de fougères déboucha sur des vignes ébouriffées de sarments d'un vert tendre. Le petit groupe longea longtemps les rangs de ceps jusqu'aux ruines d'un moulin à vent. À l'horizon se dessinait une longue ligne de peupliers aux silhouettes fuselées.

Félix se retourna sur sa selle et montra les arbres à Myriam :

– C'est la rivière, là-bas.

La fille hocha la tête. Il ne s'attendait pas à une réponse et s'étonna de l'entendre murmurer :

– Déjà ? Je pourrais marcher comme ça jusqu'au bout de la Terre…

La rivière glissait, verte et scintillante, sous les frondaisons emmêlées de grands saules et de peupliers d'Italie. Ils longèrent la berge jusqu'à une plage de sable et de galets. Les chevaux s'empressèrent d'entrer dans l'eau jusqu'aux paturons pour s'abreuver. Soudain, Gringo se mit à frapper l'eau d'un antérieur énergique.

– Attention ! cria Félix. Recule, recule !

– Hein ? Que… quoi ? balbutia Aziz interloqué.

– Il va se rouler ! Fais-le reculer !

Avant qu'Aziz eût seulement compris les intentions de sa monture, Gringo s'avança dans la rivière jusqu'au poitrail. Sur la rive, Zoé se tordait de rire devant les efforts désespérés du garçon pour tenir ses pieds hors de l'eau. Avec un reniflement de bien-être, le petit cheval pie s'agenouilla et se laissa glisser dans la profondeur du courant, indifférent aux hurlements affolés de son cavalier.

– Accroche-toi solidement à la crinière, cria Amédée. Arrête de brailler ! Il va sortir tout seul.

En effet, dès qu'il fut rafraîchi, Gringo se dégagea d'un coup de reins et revint tranquillement vers la rive.

Amédée vint ramasser ses rênes.

– C'est le seul défaut de ce cheval, expliqua-t-il au garçon ruisselant, il aime trop l'eau.

– V… vous… vous auriez pu pré-prévenir, bégaya Aziz aussi glacé que terrifié.

Le vieil homme haussa les épaules.

– Ne te plains pas, certains ont pris des bains en février !

Aziz se retrouva en caleçon, ses vêtements étendus sur les galets. Comme il éternuait, Suzanne insista pour qu'il enfilât un pull d'Amédée.

– De plus en plus classe… se moqua Zoé, hilare.

Pour le réchauffer, Amédée lui fit essuyer tout son harnachement avec de vieux chiffons et, le soleil aidant, il eut bientôt trop chaud.

Volga fut dételée et les chevaux purent brouter à l'ombre des saules tandis que Suzanne et Sonia étalaient une immense nappe blanche sur un carré d'herbe. Elle fut bientôt couverte de pâtés, de quiches, de salades, d'œufs durs, de tomates, de fromages, de gros pains à la croûte dorée, de pots de cornichons et de mayonnaise auxquels s'ajouta un énorme flan pâtissier. Félix proposa une baignade avant de déjeuner et ils passèrent un joyeux moment à s'éclabousser en criant et à jeter des galets dans la profondeur du courant. Seuls Félix et Myriam nageaient vraiment et le garçon traversa même la rivière jusqu'à l'autre rive.

Ils dévorèrent le pique-nique jusqu'à la dernière miette, ne laissant qu'un peu de mayonnaise au fond du pot et trois cornichons. Gagnés par une douce somnolence, ils s'égayèrent à l'ombre des arbres. Amédée et Suzanne s'allongèrent sur la nappe, la tête de la vieille dame appuyée sur l'épaule de son époux. Myriam rejoignit Cheyenne, qui s'était couché dans l'herbe et, très doucement, très lentement, elle se glissa entre ses jambes étendues et s'adossa à son ventre noir.

Félix, lui, se hissa en équilibre sur une grosse branche de saule qui surplombait l'eau et sortit un livre de sa poche.

# Un après-midi d'été

– Tu lis quoi ? demanda soudain une voix.

Félix leva les yeux. Zoé était assise au bout de sa branche, adossée au tronc. Il répondit avec réticence :

– Oh… un bouquin sur la cavalerie napoléonienne.

Elle leva un sourcil soigneusement épilé.

– *La cavalerie napoléonienne* ? C'est quoi ça ?

– Les cavaliers de la Grande Armée, les hussards, les dragons, tout ça…

Zoé eut l'air dubitatif.

– T'es obligé ?

Félix la regarda sans comprendre.

– Obligé ? Non, pourquoi ?

– J'sais pas. C'est bizarre comme livre. Et… heu… c'est bien ?

Félix soupira.

– Moi, j'aime bien.

Zoé l'observait à travers sa frange blonde. Elle décida de changer de sujet.

– Tu viens souvent au Clos Vert ?

– J'y passe presque toutes mes vacances.

– Et tu ne t'embêtes pas, tout seul avec des vio… avec tes grands-parents ?

Un sourire illumina le visage du garçon.

– Jamais ! Je monte à cheval, il y a Jo, Amédée, Suzanne… Ici, c'est beau et je fais ce que je veux.

– Mmmm… Alors tu serais triste si… heu… si le Clos Vert fermait ?

Félix ouvrit des yeux ronds.

– Ça ne peut pas « fermer », c'est la maison de Suzanne et Amédée ! expliqua-t-il comme s'il s'adressait à une petite fille un peu bête.

– Je sais, répliqua Zoé. Mais si… heu… si la ferme était vendue ou quelque chose comme ça ?

– Ils ne vendront jamais ! affirma Félix avec une conviction farouche. C'était la ferme du grand-père de mon grand-père. De toute façon, ils ne pourraient même pas vivre ailleurs. Tu les vois, Amédée et Suzanne, dans un appart en ville ? Et qu'est-ce qu'ils feraient des chevaux ?

Zoé resta silencieuse, balançant ses jambes. Elle arracha une feuille de saule et la lâcha dans les eaux vertes de la rivière.

Félix fit mine de retourner à sa lecture. La tactique fut efficace. Il entendit la fille sauter par terre et lorsqu'il releva les yeux elle avait rejoint les autres envahisseurs.

Fermer le Clos Vert… N'importe quoi ! Ces jeunes étaient vraiment de drôles de zigues, pas toujours très malins. Il les chassa de son esprit pour revenir aux hussards, la seule cavalerie au monde qui ait jamais capturé une flotte de haute mer, celle de la Hollande prise dans les glaces au Texel, en 1795. Cette conversation absurde continuait toutefois à l'agacer en sourdine, comme le lointain début d'une rage de dents.

Quand l'heure la plus chaude fut passée, ils se baignèrent à nouveau puis Félix proposa qu'ils jouent à touche-touche dans le pré qui bordait la rivière.

– J'ai pas envie de courir, 'fait trop chaud, maugréa Aziz.

– On jouera à cheval, expliqua Félix.

– Ah oui, génial ! s'écria Myriam à la stupéfaction générale.

– Mais moi, je n'ai pas de selle, gémit Maxime.

– Tu peux monter à cru, intervint Amédée. Volga est fort confortable et ça travaillera ton assiette.

Le vieil homme bricola un filet avec une des longues rênes de la carriole et proposa au garçon une courte échelle avec ses deux mains. Le garçon adora aussitôt la douceur, la chaleur et la rondeur de la jument blonde. Bien que ses jambes fussent un peu courtes pour épouser les formes voluptueuses de Volga, il se sentait parfaitement en sécurité. La Comtoise partit d'un trot élastique qui le ravit.

– Les épaules en arrière ! recommanda Amédée.

Les chevaux et les cavaliers s'amusèrent comme des fous à se pourchasser entre les meules, dans une exquise odeur de foin fauché. Sonia, debout au milieu du pré, comptait les points et arbitrait les cas litigieux. À ce jeu de course-poursuite, Gringo était imbattable. Il virevoltait et slalomait entre ses adversaires avec un sens inné de l'esquive. Aziz devait se cramponner dur pour résister aux accélérations et aux contorsions de sa monture mais il hurlait de plaisir. Même la talentueuse équipe Tonka-Félix ne put coincer le petit cheval noir et blanc qui fut déclaré vainqueur à l'intense satisfaction de son cavalier. Ils finirent tous par retourner à l'eau, essoufflés et cramoisis. Suzanne leur partagea un quatre-quarts au citron et l'heure du départ arriva.

Ils repartirent dans le soleil qui allongeait les ombres. Une paix absolue baignait la campagne étendue sous le ciel immense. Dans le petit bois, des oiseaux invisibles pépiaient dans les feuillages. Alors que le soleil rouge descendait à l'horizon, la ferme se profila au détour de la route.

Dans la cour, un énorme 4 x 4 noir aux pare-chocs chromés les attendait, vitres fermées et moteur allumé.

# Le visiteur du soir

Jo se rua vers la voiture en aboyant de toutes ses forces. La vitre teintée du conducteur s'abaissa dans un ronronnement électrique.

– Tu peux rappeler ton chien, Amédée, fit une voix d'homme lourde et grasse. Je suis venu pour causer.

Amédée siffla. Jo se planta devant la portière du conducteur, la queue raidie, l'échine hérissée.

– Coupe ton moteur, ordonna Amédée. Tu enfumes ma cour.

Le moteur s'arrêta et le silence du soir reprit ses droits. Mais les gaz brûlés rôdèrent autour d'eux comme de malsains fantômes.

La porte s'ouvrit lentement. Deux pieds chaussés de cuir noir apparurent. Un grondement sourd enfla dans la gorge du chien. Amédée lui posa une main sur la tête.

L'homme s'extirpa péniblement du véhicule. Il avait dû être sacrément costaud mais il n'était plus que bouffi. Même sa veste sur mesure ne pouvait dissimuler les plis du ventre qui cascadaient par-dessus sa ceinture. Il avait une tête cubique, posée sur un cou de taureau, barrée d'épais sourcils grisonnants. Des bajoues fourrées de rouflaquettes empâtaient sa forte mâchoire carrée. L'homme avait des mains énormes, chaque doigt épais comme un poignet de bébé. Il en tendit une à Amédée.

Celui l'observa un instant puis se tourna vers la petite troupe qui s'était arrêtée dans son dos.

– Occupez-vous des chevaux, les jeunes. Félix, assure-toi qu'ils ont assez de foin et donnez-leur du grain. Une mesure et demie.

Suzanne descendit de la carriole en s'appuyant à la roue d'une main qui tremblait légèrement. Elle se hâta à pas menus vers sa maison.

– Madame Maillet, salua l'homme de sa voix grasseyante en portant deux doigts à sa casquette.

Suzanne lui renvoya un pauvre sourire, murmura « Bonsoir » et s'empressa de rentrer chez elle. Sonia la suivait, une glacière au bout de chaque bras. L'homme riva sur elle de petits yeux enfoncés aux paupières bouffies. Se fiant aux réactions du vieux couple, elle lui rendit un regard froid et hocha sèchement la tête. En entrant dans la cuisine, elle entendit Amédée demander :

– Alors, qu'est-ce que tu veux ?

Le gros homme sortit de sa poche un paquet de cigarettes et un briquet doré. Il alluma une cigarette, souffla la fumée par le nez, en deux épais nuages lancés en direction d'Amédée et proposa à voix basse :

– On pourrait faire la paix. Sûr qu'on y trouverait notre compte tous les deux.

Amédée resta silencieux. De l'écurie provenaient le bruit étouffé des sabots sur la paille, les voix des jeunes qui vaquaient à leurs tâches.

– Je vois que t'as trouvé de nouveaux élèves même si t'as dû aller les chercher loin, fit l'homme avec un rictus d'ironie. Je me suis laissé dire que c'était dur pour vous, avec la banque… Pauvre Suzanne, elle mérite pas ça…

Amédée se tendit à craquer. Sous sa casquette, ses yeux se réduisirent à deux points brillants et noirs. Jo ressentit la tension de son maître et lâcha un jappement hargneux.

L'homme l'ignora. Il tira deux bouffées profondes qui firent rougeoyer sa cigarette dans la pénombre.

– Si tu me vendais Gringo, Miss et Tonka, continua-t-il, tu finirais de payer ton tracteur et tu serais tranquille.

Amédée serra les mâchoires à en faire grincer son dentier. Il leva lentement son poing droit, changé en massue, et l'approcha de la figure du gros homme.

– Tu te souviens de celui-là ? demanda-t-il d'une voix sourde. Disparais de ma cour ou je l'écrase sur ta face de goret. Et ne t'avise pas de revenir.

L'homme eut un mouvement de recul. Puis il se ressaisit, toisa le vieil homme et éructa :

– Espèce de vieux peigne-cul ! Tes chevaux seront vendus au boucher ! Et toi, tu finiras à la fosse commune !

Jo n'y tint plus et se déchaîna en aboiements furieux qui firent accourir Félix, Aziz et Zoé.

– Ça va, Grand-Père ? s'enquit Félix.

– Oui. Ce monsieur nous faisait une visite de courtoisie mais il s'en va.

L'homme cracha son mégot allumé aux pieds d'Amédée et gronda :

– T'es foutu, Maillet. Foutu.

Il se hissa dans son véhicule, claqua la portière, fit rugir le moteur. Le 4 x 4 inonda la cour de vapeurs toxiques et grava deux traces profondes dans le gravier blanc en démarrant.

– Belle bagnole ! commenta Aziz.

# La nuit, tous les chats sont gris

– C'est qui, celui-là ? demanda Zoé dès qu'ils purent s'entendre parler.

– Ce ne sont pas tes affaires, répondit sèchement Amédée. Donnez plutôt un coup de main à Félix pour rentrer la carriole.

Le vieil homme, le visage fermé, se hâta vers l'écurie.

– Je suis sûre que c'est un mec à embrouilles, poursuivit Zoé en se tapotant le bout du nez, j'ai le pif pour les repérer.

– C'est Léonard Daloyeau, expliqua Félix. Le propriétaire du grand centre équestre, de l'autre côté du village. Maintenant tous les anciens élèves de Grand-Père vont chez lui.

– Pourquoi ? s'enquit Aziz.

– C'est tout neuf, avec un manège couvert pour les jours de pluie. En plus Daloyeau a attiré les gens avec des prix très bas. Mais je crois que c'est un peu l'usine.

– Un concurrent *low cost*, quoi, analysa Aziz.

Félix fit la moue.

– Pas seulement. Grand-Père et lui se détestent depuis longtemps, je ne sais pas pourquoi. Mais à vrai dire, il n'y a pas grand monde qui aime Léonard Daloyeau, dans le coin…

Amédée était si lugubre au dîner que personne n'osa le questionner et encore moins plaisanter. Les conversations mouraient d'elles-mêmes. Les jeunes mangèrent rapidement, expédièrent la vaisselle et montèrent se coucher, ivres de fatigue, de grand air et d'espace.

Étendus côte à côte dans leur lit de bois ciré, Suzanne et Amédée les écoutèrent s'affairer à leur toilette, claquer des portes, bavarder en sourdine. Peu à peu le silence s'installa. Dans le petit bois, une chouette en chasse hulula. Les yeux grands ouverts dans l'obscurité, Suzanne chuchota :

– Amédée ? Dors-tu ?

– Non.

– Qu'est-ce qu'il voulait, le Léonard ?

– M'acheter des chevaux, grommela le vieux.

Il entendit sa femme hoqueter.

– Seigneur ! Ça va donc si mal que ça ? gémit-elle. Qu'est-ce que tu lui as répondu ?

– J'lui ai promis mon poing sur la goule. C'était pas la première fois et ce sera p'têt pas la dernière…

Suzanne prit un ton réprobateur mais il la sentait amusée.

– Vous n'aurez donc jamais fini, tous les deux ?

– C'est toujours lui qui vient me chercher noise ! s'insurgea Amédée. Depuis l'école élémentaire y me court sur le haricot, ce tas de saindoux. Toujours à enquiquiner le monde, à faire ses mauvais coups en douce, à ramener sa grande gueu...

– Amédée, coupa Suzanne, et cette fois l'inquiétude imprégnait sa voix, crois-tu qu'on va s'en sortir ?

Il glissa sa main sur le drap jusqu'à trouver la sienne, entrelaça leurs doigts et murmura :

– Oui, ma belle Suzanne, ça ira, tu verras.

Épuisé par sa journée, il s'endormit sans lui lâcher la main.

Zoé sortit de son lit peu après minuit. Elle descendit l'escalier, silencieuse comme un chat. La porte de la cuisine s'ouvrit presque sans grincer. Elle se faufila dans la grande pièce silencieuse. Un fin croissant de lune projetait une lueur vague, suffisante pour contourner la table et atteindre le buffet. Elle saisit la poignée de métal, retint son souffle et prit son élan pour ouvrir le tiroir au porte-monnaie. Il céda sans bruit. À tâtons, elle trouva le vieux porte-monnaie, l'ouvrit et replaça le billet de vingt euros qu'elle avait pris naguère. Les jours passant, cet argent lui avait paru tour à tour inutile, dérangeant, dégoûtant. De toute façon il était impossible de dépenser à la ferme. Le mieux, avait-elle finalement décidé, était de le remettre à sa place et de l'oublier.

– Cherches-tu quelque chose, ma petite ? demanda alors une voix douce.

Zoé ne put retenir un cri. Elle fourra le porte-monnaie dans le tiroir mais n'osa pas le refermer.

– N'aie pas peur, c'est moi, Suzanne, reprit la voix dans un coin d'ombre.

La jeune fille entendit des pas traînants, un déclic, et une petite lampe à abat-jour s'alluma sur un guéridon. Suzanne apparut, vêtue d'une chemise de nuit de coton rose, les pieds dans des pantoufles en éponge. Elle lui sourit.

– Je me suis fait une tisane de verveine parce que je n'arrivais pas à dormir expliqua-t-elle en montrant un bol sur la table. En veux-tu une ?

– Non, non… merci, bafouilla Zoé. Je… je vais remonter. Ça va aller maintenant.

Suzanne aperçut alors le tiroir ouvert et le porte-monnaie hâtivement jeté. Elle posa sur Zoé de bienveillants yeux bleus.

– De mon temps, on recevait un peu d'argent de poche toutes les semaines, commença-t-elle.

– Ah… Ah, bon ? fit Zoé qui osait à peine croiser son regard.

– Oui. Il faut pouvoir se faire de petits plaisirs parfois, continua la vieille dame.

Elle prit le porte-monnaie de cuir usé, fit jouer le fermoir de ses doigts malmenés par une vie entière de travaux ménagers et en tira un billet de cinq euros qu'elle plia soigneusement. Elle prit la main de Zoé, pétrifiée, et y glissa l'argent. Zoé retrouva l'usage de la parole pour balbutier :

– Non, non ! Je ne veux pas… je ne peux pas… S'il vous plaît !

– Mais si, ça me fait plaisir, insista gentiment Suzanne en lui refermant les doigts autour du billet. Ne t'inquiète pas, ce sera notre petit secret.

Elle lui caressa la main avec un bon sourire.

– Brave petite ! Je suis bien contente que vous soyez venus, vous, les jeunes. Ça fait de la vie dans la maison ! Maintenant, allons dormir.

Suzanne éteignit la lumière et gravit l'escalier à pas lents. Debout dans le noir, immobile, Zoé essayait de retenir ses larmes.

# Tout va de traviole

Lorsque Amédée descendit à la cuisine, à l'aube, il eut la surprise d'y trouver Félix. Les cheveux châtains du garçon étaient plus ébouriffés que jamais et, derrière les fines lunettes, ses yeux étaient pleins d'inquiétude. Il était attablé devant un bol de chocolat intact et réduisait une tartine en miettes au lieu de la manger.

Son grand-père lui tapota le crâne en guise de bonjour et entreprit de faire du café.

– Es-tu tombé du lit ? bougonna-t-il.

– Mouaif. J'ai pas trop bien dormi, répondit Félix.

Ce qui était loin de la vérité car il avait passé une nuit atroce, pleine de cauchemars sans queue ni tête mais affreusement compliqués, de menaces obscures, de réveils en sueur.

– Grand-Père ?

Le vieil homme grogna, ce qui pouvait passer pour une invitation à poursuivre.

– Qu'est-ce qu'il voulait, Léonard Daloyeau ?

Amédée remplit à ras bord son bol de café avant de grommeler :

– Rien d'intéressant.

– Mais pourquoi il a dit « Maillet, t'es foutu » ? insista Félix.

– Pourquoi ? Parce qu'il est méchant comme la gale ! s'emporta le vieil homme. Et bête à manger du foin ! Voilà ! Maintenant, je ne veux plus entendre parler de cet âne bâté !

Félix resta un instant silencieux puis il alla vider son lait dans la gamelle de Jo, rinça son bol à l'évier et sortit dans la cour. Peu de temps après Amédée reconnut le pas de Tonka. Caché par le rideau en dentelle de la cuisine, il regarda le garçon et l'alezan s'éloigner vers le petit bois et poussa un énorme soupir.

Ce jour-là, comme l'humeur d'Amédée, tout alla de mal en pis.

Les chevaux semblaient percevoir sa colère et sa détresse. Ils s'agitaient, tapaient du pied, renâclaient. Même Giroflée fit mine de s'impatienter quand Sonia approcha craintivement le mors de sa bouche. La vieille jument encensa, secouant rudement la tête de haut en bas.

– Oh là là, geignit Sonia, je n'y arriverai jamais.

Amédée surgit alors et la rabroua sans ménagement, la qualifiant même d'« empotée » entre ses dents.

Dans la carrière de travail, ce fut pire encore. Gringo semblait avoir été piqué par la mouche qui rend sot et ne cessait de prendre le contre-pied des consignes. Miss sursautait, bronchait et décochait des coups de pied à la ronde à la moindre peccadille. Quant à Cheyenne, il était la proie de ses vieux démons, terrorisé par les humains, épouvanté par l'herbe, par le sable, par le ciel. En dépit des douceurs que lui prodiguait Myriam, il restait planté au milieu de la carrière, tremblant et les yeux fous. Seule Volga gardait un semblant de sang-froid, mais sa longue queue blonde fouettait l'air autour de Maxime au point de lui cingler parfois les bras ou les mollets.

Gagnés par la panique et l'énervement, sourds aux conseils, les cavaliers accumulaient les erreurs. Ils se raidissaient, s'accrochaient à la crinière de leur monture, perdaient leurs étriers, confondaient la gauche et la droite. Amédée s'agaça. Exigea des voltes rondes. Le respect des distances. Et un peu d'attention, sacrénomdebleu !

Soudain, Miss s'emballa. Un éclair blanc fondit au galop à travers la carrière, jetant ses postérieurs au ciel. Une fois, deux fois, trois fois. À la quatrième ruade, Zoé fut arrachée de sa selle. Bras et jambes écartés, elle décrivit un soleil éphémère et retomba lourdement au sol. Amédée s'empressa vers Miss qui caracolait au fond de la carrière, risquant de s'empêtrer dans les rênes pendantes. Il dut attraper la jument avant de pouvoir s'approcher du petit tas qui sanglotait à plat ventre dans l'herbe. Agenouillée à côté de Zoé, Sonia se tordait les mains.

– Allez chercher Suzanne, voulez-vous ? demanda Amédée à la jeune femme, puis s'adressant à Zoé : Ça va ? Rien de cassé ?

Il la retourna très doucement. Une éraflure lui barrait la joue droite, maculée de terre, de mascara et de larmes. Elle gémit en se tenant l'épaule. Amédée fit jouer lentement l'articulation, provoquant un nouvel accès de larmes et de plaintes.

– Tu peux te lever ? Marcher ?

Zoé renifla et hocha la tête. Elle se remit sur pied péniblement et, soutenant son bras droit, clopina vers la barrière.

Tandis que Suzanne et Sonia se hâtaient, Amédée ordonna aux autres de tourner au pas, rênes longues. Zoé fut ramenée en douceur vers la maison et allongée sur son lit. Du contrecoup et des glaçons furent appliqués contre son épaule. Son estafilade à la joue fut nettoyée et désinfectée. Elle avala une aspirine avec un verre d'eau fraîche et reçut un mouchoir grand comme un torchon pour essuyer ses pleurs. Enfin, Suzanne s'assit sur le bord du lit et resta un moment à lui caresser le front. Zoé sanglota de plus belle.

– Allons, allons, murmura Suzanne. Si ça ne va pas mieux après le déjeuner, nous irons voir le docteur au village.

L'adolescente renifla.

– Je ne suis jamais allée dans un village.

– Alors nous irons même si ça va mieux, dit gaiement Suzanne. Tu verras, il est petit mais joli. Pas comme la ville, bien sûr, avec les magasins, la foule…

– C'est pas grave, dit Zoé qui pensait « Tant mieux. Pas de magasins, pas de tentations ».

Elle renifla à nouveau, bruyamment.

– Tu devrais te moucher, ma petite, lui conseilla Suzanne.

Zoé renifla encore.

– Ça sent le brûlé, non ? demanda-t-elle.

La vieille dame dévala l'escalier aussi lestement qu'elle le put mais il était trop tard. Une fumée âcre envahissait la cuisine. Suzanne agita son torchon pour se frayer un chemin jusqu'à la gazinière. Elle ouvrit la porte du four qui vomit un flot de nuées noires. Armée de maniques et de torchons, elle réussit à extraire un plat du four et à l'évacuer dans la cour. Posé sur le gravier, le plat continua à produire des cumulonimbus gris sale jusqu'à ce qu'elle y déverse un plein arrosoir d'eau. Amédée, qui venait aux nouvelles, considéra le tas de charbon noir et crachotant.

– Qu'est-ce que c'était ?

– Un gratin dauphinois, soupira Suzanne. Quand tu m'as fait appeler pour la petite j'ai voulu éteindre le four. Dans l'émotion, j'ai dû me tromper et le mettre au maximum.

– Alors qu'est-ce qu'on va manger maintenant ? grogna Amédée.

– Est-ce que je sais, moi ? s'indigna Suzanne. Manger ! Manger ! Cette question ! Avec ma cuisine à nettoyer ! Et toute la maison qui sent le brûlé ! Vous mangerez vos doigts, voilà !

Furieuse, elle rentra dans la maison en claquant la porte. Amédée soupira derechef et se retourna juste à temps pour voir arriver Félix, à pied, suivi par Tonka qui boitait.

– Il a perdu un fer, annonça le garçon d'un ton morne.

Dans l'esprit d'Amédée s'afficha aussitôt le montant de la facture du maréchal-ferrant, en chiffres rouges et menaçants. Il fit la grimace et leva les yeux au ciel, demandant silencieusement ce qu'il avait bien pu faire pour mériter tout ça, bordeliou de bordeliou ?

# Flag !

À Musson-les-Sept-Fonts, les magasins se comptaient sur les doigts d'une seule main. Tout autour de la halle se pressaient une boulangerie, une pharmacie désuète, un bar-tabac-presse-épicerie et une grande quincaillerie qui vendait tous les autres articles nécessaires aux habitants de la contrée. Suzanne, Sonia et Zoé firent le tour de la place endormie en regardant les devantures poussiéreuses. Zoé allait bien mieux, seul un léger bandage entourait son poignet. Son mini-short en jean fit sensation auprès des habitués de la terrasse du Café de la Halle. Sur son passage les dés cessèrent de rouler, les cartes de s'abattre, les glaçons de tinter dans les anisettes. Suzanne révéla alors un besoin urgent d'acheter du sucre à confiture et les entraîna vers la quincaillerie. Lorsqu'elles en poussèrent la porte, une clochette tinta et une voix aigrelette s'éleva des profondeurs de la boutique.

– J'arrive, j'arrive !

Une dame osseuse, en espadrilles et blouse de nylon, vint à leur rencontre. Elle embrassa

Suzanne comme du bon pain et salua d'un ton enjoué « les demoiselles », non sans jeter un œil aiguisé à la tenue de Zoé.

– Ginette était avec moi à la petite école, expliqua Suzanne. On se connaît depuis toujours.

Tandis que les deux vieilles dames dévidaient leurs souvenirs, Zoé jetait un regard maussade aux rayonnages de la quincaillerie. Quel fourbi ! Elle ignorait le nom et l'usage de la plupart des objets et finit par lire les étiquettes. Piège à souris. Pince à sertir. Alcoomètre. Bouchons mécaniques. Allume-gaz piézoélectrique. Paraffine. Terre de Sommières… Elle s'enfonça dans les allées étroites et encombrées. Arrosoirs en fer-blanc, nourriture pour volailles, produits ménagers et même vêtements… Elle rigola tout bas devant les immenses culottes de coton blanc, les salopettes de travail démesurées, les capes de pluie d'un vert gadoue, les blouses à carreaux, les chaussons fourrés. Elle arriva au rayon des articles de toilette. À côté des lotions capillaires et de gros savons roses au chèvrefeuille s'alignaient des flacons de vernis à ongles orange, des tubes de rouge datant de la dernière guerre, des boîtes de fard d'un bleu criard pour les paupières, d'un rose acide pour les joues.

– Qui peut mettre des horreurs pareilles ? s'interrogea Zoé.

Sûrement pas elle. Et pourtant, comme si son corps agissait par réflexe, ses yeux parcoururent le plafond à la recherche de caméras. Sa main s'empara d'un étui de fard à joues et le glissa dans sa poche.

Elle se tourna avec décontraction vers les pas qui arrivaient dans son dos. Sonia lui lança, sourire aux lèvres :

– Incroyable, ce magasin ! On se croirait dans la caverne d'Ali Baba !

– Ouais, un vrai bor…

Une voix grinçante la coupa.

– Y vaudrait mieux prendre un panier.

La vieille quincaillière s'était approchée sans bruit sur ses semelles de corde et lui tendait un panier en plastique. Zoé leva un sourcil interrogatif. Ginette eut un coup de menton en direction de sa poche.

– C'est pas à un vieux singe qu'on apprend à faire des grimaces.

Le sourire de Sonia se figea et Zoé vit la colère flamber dans ses yeux.

– Vide tes poches, articula l'éducatrice d'une voix blanche.

Zoé afficha un sourire impertinent, récupéra le fard dans son short et le jeta nonchalamment au fond du panier.

– Estime-toi heureuse que je ne t'aie pas laissée passer la caisse, siffla la quincaillière. Pauvre Suzanne…

Celle-ci surgissait justement au coin de l'allée, demandant si le dernier catalogue de tricots était arrivé.

– Tu as trouvé de quoi te faire plaisir, Zoé, remarqua-t-elle gaiement. C'est bien ça !

La jeune fille ne put s'empêcher de baisser les yeux.

En sortant, Suzanne proposa d'aller, par les ruelles fleuries de roses trémières, voir les sept fontaines qui donnaient son nom à la ville. La vieille dame, toute guillerette, avait passé son bras dans celui de Zoé et bavardait sans s'apercevoir du silence de ses compagnes. Sur la façade de la mairie, une affiche attira son attention.

– Le bal des Souris vertes ! C'est une grande fête dans la région. Sûrement que ça vous plairait, à vous les jeunes, d'aller danser ?

# Le maître du feu

Au Clos Vert, un petit attroupement s'était formé autour d'une fourgonnette blanche garée dans la cour. Zoé l'ignora et fila sans un mot vers la maison. Suzanne et Sonia rejoignirent Amédée et les jeunes qui observaient un grand costaud frappant à tour de bras sur une enclume. À la porte de l'écurie, Tonka, tenu par Félix, attendait sans bouger. Seule l'agitation de ses oreilles trahissait son impatience. Le maréchal-ferrant enfonça le fer à cheval qu'il modelait dans un petit brasero et Aziz, muni d'un soufflet, s'activa à attiser les braises. Le garçon s'en donnait à cœur joie, ravi par la fournaise et le vacarme. Le maréchal-ferrant profita de la pause pour s'essuyer le visage avec un coin de t-shirt et embrasser Suzanne. La vieille dame les présenta : « Sonia, qui s'occupe de nos jeunes amis ; Luc, qui montait ici quand il était petit. » Luc essuya sa main sur son jean avant de la tendre à Sonia et ils échangèrent un sourire. Puis il saisit de longues pinces pour tirer du feu le fer rougi. Ses coups de marteau se firent plus légers et le fer, peu à peu, s'arrondit et se cintra. Sur un signe, Maxime tendit le seau qu'il tenait prêt. Le fer y plongea dans un jaillissement de vapeur qui enchanta Aziz. Enfin, le fer fut présenté au pied de Tonka et ajusté avec précision. Myriam était chargée de tendre les clous un par un.

– Comme il doit souffrir ! gémit Sonia quand le clou s'enfonça dans le sabot du petit cheval.

Luc éclata de rire quand les jeunes la rassurèrent tous en même temps, répétant ses propres explications.

– Mais non, c'est de la corne, c'est comme des ongles !

– On ne touche que la partie où il n'y pas de nerfs.

– Tout à l'heure, Luc lui a enlevé avec un couteau des petits morceaux qui dépassaient et il n'a même pas bougé.

Fascinés par la dextérité du maréchal-ferrant, les jeunes l'assistèrent jusqu'au bout, l'aidèrent à ranger ses outils et se disputèrent même le balai pour nettoyer les rognures de corne. Puis Félix libéra Tonka dans le pré et l'alezan prit le large au galop, s'ébrouant de plaisir.

– Il a l'air content de ses nouveaux souliers, remarqua Luc. Voulez-vous que je regarde les autres chevaux, monsieur Maillet ?

– Non merci, mon garçon, répondit Amédée. Ça tiendra bien encore un peu. Dis-moi plutôt combien je te dois.

– Oh, ce n'est pas si pressé.

Mais Amédée insista pour payer son dû sur-le-champ. Il invita Luc à entrer au frais et Suzanne s'empressa d'apporter de la citronnade glacée et des madeleines.

– Ça me rappelle les goûters de mon enfance, quand je venais prendre des leçons, dit Luc en croquant avec nostalgie dans une madeleine.

– Vous étiez toute une bande avec des appétits d'ogres ! se souvint Suzanne. Ah, j'en ai fait des fournées de madeleines !

– Quel âge aviez-vous ? demanda Sonia en versant la citronnade.

Luc la remercia d'un sourire.

– J'ai commencé à monter vers huit ans, et jusqu'à treize, quatorze ans. Mes parents avaient la ferme près du bois.

– Tu oublies de dire que le reste du temps tu traînais du matin au soir dans mon écurie ! s'exclama Amédée.

– J'ai toujours adoré les chevaux, reconnut Luc en riant. Ensuite, mes parents ont dû vendre la ferme, comme beaucoup de gens par ici, et je suis parti en apprentissage.

– Vous ne montez plus ? demanda soudain Myriam.

Comme chaque fois qu'elle prenait la parole, les autres s'efforcèrent de ne pas sursauter de surprise. Mais Luc, qui ne savait rien de son mutisme, ne s'étonna pas.

– Non, mais je m'estime heureux de côtoyer des chevaux toute la journée ! J'ai failli faire de la comptabilité !

Un observateur attentif qui aurait eu les yeux rivés sur les oreilles d'Aziz aurait pu les voir s'allonger d'intérêt.

– Moi aussi, on veut m'envoyer en compta. Ça veut dire que moi aussi j'peux changer et faire un boulot comme vous ? Avec le feu, le fer, tout ça ?

Luc considéra Aziz qui avait troqué son survêtement blanc contre un jean rapiécé mais aurait préféré mourir plutôt que de quitter ses énormes écouteurs, sa casquette et ses lunettes d'aviateur. Il sembla désarçonné mais se reprit vite.

– En tout cas, tu peux toujours essayer : il faut un diplôme en deux ans et un apprentissage chez un maréchal-ferrant.

– Chez vous, p'têt ?

Luc avala sa salive. Amédée l'encouragea d'un imperceptible mouvement de tête.

– Ben… heu… oui, pourquoi pas ?

Aziz se tourna d'un bloc vers Sonia.

– On appelle le juge. Je veux m'inscrire.

Sonia leva une main apaisante.

– Il est un peu tard pour appeler le tribunal et je crois que le juge est en congé.

Le garçon eut un soupir amer.

– Quel bouffon, çui-là !

À la mine d'Amédée il regretta ses paroles. Mais au lieu de se faire rabrouer, il l'entendit remarquer :

– Avant de déranger le juge, il faut être sûr de toi, mon garçon. Ce n'est pas un boulot de feignant. Les journées sont longues. Il ne faut pas avoir peur de travailler dehors, de se salir…

– Pas grave, je veux m'inscrire, répéta Aziz d'un air buté.

Le vieil homme se tourna vers le maréchal-ferrant.

– Il pourrait peut-être te donner un coup de main, à l'occasion ?

– Oh ouais, m'sieur ! J'serai sérieux et tout, clama Aziz.

Luc s'adressa à Sonia.

– Croyez-vous que ce soit possible, un jour ou deux, en tournée avec moi ?

– Ce serait une excellente expérience pour lui.

Elle se tourna vers le jeune homme.

– Je dois avoir ta parole, Aziz, de travailler sans créer de problèmes.

– J'le jure sur la tête à ma petite sœur ! répondit-il, la main sur le cœur.

– Très bien, je te fais confiance, dit Sonia fermement. Il me semble que tu peux remercier Luc.

Aziz se leva d'un bond.

– Merci m'sieur. On commence quand ?

– On commence par finir les madeleines, rigola son nouveau patron. Après on verra.

Suzanne servit une autre tournée de citronnade et demanda :

– Iras-tu au bal des Souris vertes, samedi ?

Le grand gaillard haussa les épaules.

– Bof, moi, la danse… Et vous, irez-vous ?

Sa voix s'adressait à Suzanne mais ses yeux regardaient Sonia.

– Sûrement, répondit la vieille dame. Ça fera du bien aux jeunes de voir du monde. Et voilà trop longtemps que monsieur Maillet ne m'a pas fait valser !

Amédée ne bougonna que pour la forme.

# La Bérézina

« Le froid allait toujours croissant. Tous les matins, nos bivouacs étaient couverts de cadavres gelés pendant la nuit[1]. » Il faisait chaud sous les tilleuls mais Félix frissonna aux souvenirs de ce pauvre lieutenant des dragons. Le garçon avait attaché un hamac de toile entre deux branches et se balançait, une folle avoine entre les dents. Une grosse pile d'*Empereur Magazine* était posée dans l'herbe, à portée de sa main. Le terrible hiver 1812 n'en finissait pas d'accabler la Grande Armée qui battait en retraite, ramassis de soldats en haillons encerclé par les troupes russes. Ils étaient arrivés à la Bérézina et l'épisode fut si dramatique qu'il resta synonyme de désastre. Félix essayait de se concentrer sur sa lecture. À travers les volets mi-clos du salon lui parvenaient les échos d'une discussion entre Sonia et les adolescents. Une dispute plutôt. Il y était question de coups

1. Pierre de Constantin (lieutenant au 23e régiment de dragons), *Journal et lettres de campagne*, Carnet de la Sabretache, 1812.

de téléphone, de prendre ses responsabilités, de familles qui pouvaient s'inquiéter.

Le 23 novembre 1812, donc, les Français virent leur retraite coupée par la Bérézina, une large rivière bordée de marécages. C'était l'occasion rêvée qu'attendaient les Russes pour anéantir, une bonne fois pour toutes, l'armée de Napoléon.

– Mais ma mère, elle en a rien à battre, de moi ! rugit soudain Zoé.

– Moi, c'est pareil ! Tous des nazes dans ma famille ! cria Aziz.

– Peu importe, clama Sonia. Vous devez téléphoner au moins deux fois dans le séjour, un point c'est tout. Allez, chacun à votre tour. Zoé commence. Les autres attendent à la cuisine avec moi.

Félix entendit la porte du salon claquer plusieurs fois puis l'antique téléphone à cadran de ses grands-parents émettre son ronronnement caractéristique.

– Allô ! dit Zoé d'un ton hargneux.

Sur le front napoléonien, l'heure était à l'héroïsme. Les sapeurs néerlandais du général Eblé s'étaient jetés dans l'eau glacée. Durant trois jours et trois nuits ils travaillèrent à établir des ponts de fortune sur la rivière. La plupart de ces hommes courageux y laissèrent la vie, terrassés par un froid polaire. Sur la rive la bataille faisait rage.

– J'en ai rien foutre ! hurla Zoé. J'espère ne jamais revoir ta sale gueule !

Le combiné s'écrasa sur le récepteur et la porte claqua à nouveau. Félix avala sa salive. À quoi pouvaient ressembler des parents à qui l'on parlait comme ça ?

Sur la Bérézina, les soldats rivalisaient de bravoure. Avec dix mille hommes seulement le maréchal Victor résistait à une armée au grand complet. Chargeant sans relâche, une poignée de cavaliers tenait à distance la cavalerie et l'infanterie ennemies. Enfin, grâce au sacrifice du 126$^{e}$ régiment d'infanterie de ligne, le gros des troupes françaises put franchir la rivière.

Du salon lui parvint à nouveau le ronronnement du téléphone.

La voix de Myriam prononça le mot « Allô ». Puis « Oui », « Non », « Mmm », « Non », « Voilà ».

Silence.

Ronronnement. « Ouais. C'est Aziz. » Un flot de paroles, d'une voix brutale. « Tu diras à la mère, si jamais elle rentre… » « Il a qu'à y crever, au zonzon. » « De la thune, j'en ai pas. » « Va te faire mettre ! »

Fin de la conversation.

Félix essaya de se mettre à la place d'Aziz. C'était aussi difficile que de s'imaginer en Coréen du Nord. Il se surprit à espérer que la tournée du jeune homme avec le maréchal-ferrant soit un succès.

À l'aube du 29 novembre 1812 commença la tragédie. Les ponts sur la Bérézina furent incendiés pour protéger la retraite des troupes. Des milliers de fuyards, hommes, femmes et enfants, qui suivaient l'armée tant bien que mal, se précipitèrent à travers les flammes ou dans les eaux glacées, les sabres russes à leurs trousses.

– Maxime, appela Sonia, c'est ton tour.

Un marmonnement confus lui répondit. Félix ne put s'empêcher de tendre l'oreille.

– Comment ça ? s'exclama l'éducatrice. Tu as forcément le numéro de chez toi !

Grommellements.

– C'est insensé, il n'y a ni portable ni numéro de fixe dans ton dossier ! s'indigna la jeune femme.

Un silence s'éternisa.

Sonia reprit d'un ton embarrassé.

– Dans ce cas tu peux partir, Maxime. Vous avez temps libre jusqu'au dîner.

La porte de la ferme s'ouvrit. Tête basse et dos rond, Maxime partit d'un pas lourd vers le pré.

Félix poussa un gros soupir.

« Il suffisait de s'arrêter dans un endroit sans feu pour périr au bout de quelques minutes », précisa le lieutenant des dragons.

## Chez les Souris vertes

Le jour J, la fièvre du samedi soir s'empara de la maisonnée. On courut s'acquitter des tâches quotidiennes. On nourrit, abreuva et salua les chevaux. On avala en vitesse un casse-croûte, debout dans la cuisine. On se bouscula à la porte de la salle de bains. Les filles se couvrirent le visage de masques de beauté gluants et galopèrent d'une chambre à l'autre, les bras chargés de vêtements. Félix inaugura un pot de gel coiffant tout neuf et parvint à dompter ses mèches rebelles. Maxime repassa son plus beau t-shirt. Aziz astiqua ses baskets, briqua ses lunettes de soleil, se lava les dents à mort. Même Amédée fut atteint, qui courut derrière sa femme afin qu'elle lui noue sa cravate.

À la nuit tombée, ils se retrouvèrent fin prêts dans la cour. Amédée dans un costume marron aux larges revers, Suzanne en robe mauve, broche de brillants au corsage, sac vernis au bras. Sonia aussi portait une robe. La sienne était bleu nuit, simple et fluide, avec un joli décolleté qui révélait son dos hâlé. Myriam avait choisi une de ses panoplies noires. Amédée tiqua devant son maquillage d'outre-tombe et plus encore devant la tenue de Zoé. Bustier lamé, jupe fendue, sandales à semelles compensées, les yeux charbonneux, les lèvres cramoisies.

Il ouvrit la bouche mais Suzanne le devança :

– Vous êtes ravissantes, jeunes dames ! s'exclama-t-elle. Ça me rappelle mon premier bal. Tu te souviens, Amédée, j'avais une robe en soie bleu pâle, que ma mère avait cousue ? Je l'ai gardée mais je pourrais en faire des chiffons parce que je ne risque pas d'y entrer à nouveau ! ajouta-t-elle en tapotant ses hanches dodues.

– Je ne me souviens pas de la robe, grommela Amédée. Je n'ai vu que toi et tu n'as pas changé.

Suzanne lui prit le bras tendrement tandis que les jeunes échangeaient des clins d'œil.

– Allez, tout le monde en carrosse ! On part à la noce !

Ils s'empilèrent dans le combi orange pour effectuer les trois kilomètres qui séparaient le Clos Vert du village. Là aussi, l'ambiance était à la fête. Dès le parking, un champ moissonné près du cimetière, ils entendirent les flonflons de l'orchestre.

– Oh, la zikmu, elle craint, râla Aziz.

– C'est un paso doble, expliqua Suzanne. Je t'apprendrai si tu veux.

À cette idée les ados se tordirent de rire. Par petits groupes impatients, en amoureux, en famille, les gens se dépêchaient vers la halle centrale. Des guirlandes de lumières multicolores encadraient la place. Elle était noire de monde. La terrasse du café était bondée et débordait sans vergogne devant la pharmacie et la quincaillerie. Les verres, les bouteilles, les glaçons et les cendriers passaient de main en main, par-dessus les têtes. Ça parlait, ça riait, ça s'embrassait, ça se tapait dans le dos. Le fameux orchestre des Souris vertes était juché sur une estrade et jouait à plein volume. Une batterie, une guitare basse, une trompette et un accordéon entouraient un chanteur à la moustache triomphante, au répertoire inépuisable. Musette, rock, java, tango, salsa, disco : les Souris vertes jouaient de tout, très bien et très fort. Sur le plancher de bois installé pour l'occasion, des jeunes, des vieux, des enfants et des parents se trémoussaient sans chichis, formaient des farandoles, valsaient et caracolaient.

Suzanne, Amédée et Félix furent salués à grands cris. Les jeunes citadins restèrent groupés à l'écart, un peu désemparés par cette ambiance à la fois détendue et survoltée. Ils s'attendaient plus ou moins à un pince-fesses plan-plan au fond d'une grange et s'étaient préparés à s'ennuyer ferme en affichant un air désabusé.

Luc vint à leur secours en fendant la foule. Il les entraîna vers la buvette.

– Je vous offre un coup à boire ! cria-t-il pour couvrir la musique.

Un verre à la main, les jeunes surent se donner une contenance. Zoé osa s'approcher de la piste et fut aussitôt invitée à danser par un type entre deux âges, à la mine rougeaude, qui insista lourdement malgré ses refus. Puis ce fut le tour d'un jeune tout en sueur. Elle n'osa pas refuser encore. Le jeune ne cessa de lui tordre les bras et l'accabla d'une conversation inaudible en lui aspergeant le cou de postillons. Elle finit par lui échapper et se sauva à la recherche d'un mouchoir en papier.

À son retour à la buvette, Sonia et Luc étaient en grande conversation, penchés l'un vers l'autre dans le brouhaha. Tous les autres avaient disparu.

– Sympa ! grinça-t-elle.

L'orchestre se mit à jouer un slow langoureux et un monsieur ventripotent se précipita vers elle, la main tendue, le visage plein d'espoir.

– Non, mais vous êtes malade ou quoi ? explosa-t-elle. J'en ai ras le bol de me taper toutes les mochetés et les débiles du coin !

L'homme recula précipitamment en renversant des chaises. Des têtes se tournèrent pour observer l'incident, jaugèrent Zoé des pieds à la tête et se détournèrent. Sonia lui cria :

– Ça va, Zoé ?

La jeune fille se tourna vers la piste, les bras croisés et bouda ostensiblement.

Soudain, Suzanne et Amédée passèrent en tournoyant sous ses yeux. Ils lui semblèrent transformés par un coup de baguette magique. Plus légers. Plus jeunes. Plus beaux. Dignement enlacés dans les bras l'un de l'autre, ils glissaient avec une harmonie parfaite, reflet de cinquante ans de bals partagés. La jeune fille pressentit ce que cette valse contenait d'amour et sa gorge se noua.

À travers ses larmes elle découvrit tout à coup Félix sur la piste. Sa cavalière était une jeune fille gracile, au front pur couronné de boucles de cheveux châtains. Tous les deux semblaient à la fois timides et complices, préoccupés d'imiter les pas des valseurs et riant de leurs maladresses. Zoé se mordit les lèvres jusqu'au sang. Elle décida que la fête était finie et s'éloigna vers le parking.

# La voix des étoiles

Pendant ce temps, Aziz faisait le tour de la place, son verre à la main. Il repéra les plus jolies filles et risqua quelques clins d'œil. Il reçut en échange plusieurs sourires encourageants mais des frères ou des petits copains ne manquaient pas d'apparaître aussitôt, la mine sombre. Aussi passa-t-il son chemin. À l'angle de la place, une bonne dizaine de scooters et de motos étincelaient de tous leurs chromes. Aziz fut attiré comme un papillon de nuit par la lumière. Il se plongea dans la contemplation des moteurs et des calandres. De temps en temps, il hochait la tête avec une moue de connaisseur. Au centre du groupe trônait une Kawasaki Ninja 400 au réservoir customisé de flammes rouge et or. Aziz siffla d'admiration et se pencha pour voir la vitesse maximum du compteur.

– Hé toi ! Touche pas ma bécane !

Il leva les yeux sur un gars trapu, bâti en force, mais dont les bajoues naissantes disaient que son muscle se changerait bientôt en gras. Sous les paupières épaisses, ses yeux étaient petits, porcins et hostiles. Aziz eut l'impression fugitive de l'avoir déjà rencontré. Cinq ou six jeunes hommes vinrent se placer derrière le trapu. Tous bien musclés par les rudes travaux des champs. Tous arborant un air mal aimable.

Aziz s'écarta légèrement de la moto et leva la main en signe de paix.

– J'regarde juste, j'fais pas de mal.

Le costaud grogna.

– Y disent tous ça, lança un des jeunes.

– Comme çui qu'avait chouré le rétro à Manu, renchérit un autre.

Aziz rigola.

– Moi, les mecs, j'ai jamais piqué des trucs comme ça.

Quelle drôle d'idée de prendre les accessoires sans la moto !

– C'est ça, ouais... On la connaît la racaille ! gronda le gros.

Les jeunes firent un pas en avant. L'instinct d'Aziz, affûté par quinze années d'une vie mouvementée à la cité des Remblais, lui chuchota qu'il était temps de changer d'air. Derrière un sourire candide, il élabora vite un plan de sortie. Un : balancer son verre à la tête du bouffi. Deux : bousculer la Kawa. Trois : disparaître.

Une lourde main saisit alors son épaule. Il faillit pivoter en lançant un coup de tête quand il reconnut la voix d'Amédée.

– Bonsoir, les gars.

Hormis le propriétaire de la moto, les jeunes se métamorphosèrent. De bons sourires apparurent sur leurs visages rougis de soleil.

– Bonsoir, monsieur Maillet, répondit l'un d'eux.

– Tout va bien ? demanda le vieil homme.

Le gros éructa :

– Ce métèque lorgne nos femmes et nos bécanes.

Amédée le considéra longuement.

– C'est dur à croire mais tu es le vrai portrait de ton père, dit-il d'un ton affligé.

Aziz sut alors où il avait déjà croisé semblable tête de lard : dans un 4 x 4 aux vitres fumées.

Un des types expliqua :

– On pensait pas à mal, m'sieur Maillet. On se méfie des étrangers, c'est normal.

– Non, ce n'est pas normal, répondit froidement Amédée. Et Aziz n'est pas un étranger. Il habite chez moi.

Son regard parcourut le groupe. Personne ne broncha. Il tapota l'épaule du garçon.

– Viens, fiston, dit-il en tournant les talons.

« Fiston »… Aziz se sentait plus sonné par ce mot-là que s'il avait reçu un coup de poing. Il marcha au hasard dans les rues sombres et désertes où roulaient les échos lointains du bal, submergé d'étonnement et de gratitude. Il finit par s'asseoir sur un banc, au coin d'un jardin embaumé de jasmin. Des étoiles brillaient au-dessus des toits. Il se demanda si son destin était écrit là-haut, quelque part.

Des pas lourds le tirèrent de sa rêverie. Une silhouette massive surgit de la pénombre, ponctuée de la braise orangée d'une cigarette. L'homme s'assit sur le banc en soufflant.

– T'as fait la connaissance de mon fils, on dirait.

Aziz hocha la tête. Son instinct lui criait : « Attention ! Prudence ! »

– C'est un bon gars, sous ses dehors un peu carrés, reprit le père Daloyeau d'un ton patelin.

Aziz préféra garder son opinion pour lui.

– Et toi, tu m'as l'air d'un malin qui sait tenir sa langue, ajouta l'homme. Pas vrai ?

– Ça dépend…

– Ha ha ha ! s'esclaffa Daloyeau. Au moins, t'as le sens des affaires !

Il jeta son mégot dans la rue.

– Ça te dirait, un petit travail pas compliqué pour un bon paquet de billets ?

Aziz laissa durer le silence nécessaire puis lâcha :

– Faut voir.

– Je veux le Clos Vert, chuchota l'homme d'une voix dure. Et, surtout, je veux la peau de Maillet. Tant qu'il aura des chevaux, il pourra s'en tirer. Donc…

– Donc ?

– C'est fragile, un cheval… Je te donnerai un produit. T'en mettras dans l'avoine. T'auras cinq cents euros.

Aziz eut un ricanement méprisant.

– Vous me prenez pour un minable de la cambrousse ?

– Combien ?

– Deux mille.

– T'auras mille. La moitié avant, l'autre après. Je veux que ce soit réglé au 15 août.

Aziz fit mine d'hésiter.

– OK, concéda-t-il.

– Demain, sois à l'affût de chasse du moulin, à cinq heures, gronda Daloyeau. N'essaye pas de me doubler. Le juge Régnaud est un vieux copain…

Il se leva pesamment, les mains appuyées sur ses énormes cuisses, et se fondit dans l'obscurité.

Aziz allongea les jambes, croisa les doigts derrière sa tête et leva le nez au ciel. Mille euros ! Qu'est-ce qu'elles disaient de ça, les étoiles ?

# Coup de foudre

Félix et Maxime avaient passé une soirée formidable.

– Tu vois qu'elle est gentille, Margot, s'exclama Suzanne. Quand je pense que tu ne voulais pas lui parler !

– C'était pas facile, remarqua Félix. La dernière fois qu'on s'était vus on avait cinq ans.

– Ta ta ta, l'interrompit Suzanne. Elle était aussi au mariage du cousin Léon, il y a deux ans.

– C'est qui, cette Margot ? demanda Amédée.

– La petite-fille de Ginette, la fille à Catherine.

– Ah oui, celle qu'est docteur.

– Pas docteur, pharmacienne. Tu confonds avec Josiane, la fille de Germain.

Pendant qu'Amédée et Suzanne revoyaient l'arbre généalogique de la moitié du village, Félix et Maxime se rappelaient en rigolant les péripéties de la soirée. Grâce à Margot ils étaient devenus copains avec quelques gais lurons qui avaient fait péter d'énormes pétards sur le terrain de foot, organisé un cache-cache géant dans le village sombre et une phénoménale bataille d'eau dans l'une des fontaines. Félix se tourna vers les autres passagers assis derrière lui.

– Et vous ? Vous vous êtes bien amusés ?

– Super ! dit Aziz.

– Très belle soirée, répondit Sonia, des étoiles dans les yeux.

Myriam se contenta de hocher la tête avec une ombre de sourire et c'était déjà beaucoup. Zoé ne daigna même pas le regarder. Ellc était montée sans un mot dans la camionnette, avait appuyé sa tête contre la portière et semblait dormir. Félix fit une grimace désolée et se retourna vers la route. Le Clos Vert se dessina bientôt, masse noire et biscornue sur le bleu sombre du ciel. Jo apparut, fidèle au poste.

Suzanne s'en alla vérifier que le poulailler était bien fermé et Amédée l'accompagna. Sonia resta quelques instants à écouter un rossignol chanter. Les jeunes grimpaient l'escalier à la queue leu leu quand Félix, dans un élan de joie spontané, s'écria :

– J'adore l'été ! J'adore la campagne ! J'adore cette maison !

Il allait ajouter « Et je suis content que vous soyez là pour partager tout ça », quand Zoé siffla d'une voix acide :

– Alors profites-en. C'est bientôt fini.

Félix s'arrêta net sur la dernière marche et se retourna, bouche bée.

– Pou-pourquoi tu dis ça ? bégaya-t-il.

Une onde de cruauté déforma les traits de Zoé.

– T'es bon qu'à jouer aux petits soldats, hein ? Pauvre innocent ! Tu te prends pour un intello, avec tes bouquins de Napoléon, mais tu ne vois même pas ce qui se passe sous ton nez : ta ferme, elle va être vendue ! Et les chevaux aussi, parce que tes grands-parents, ils ont plus un radis ! C'est pas dur à savoir, tous les papiers sont dans le tiroir du buffet !

Félix sembla frappé par la foudre, les yeux exorbités. Maxime lui toucha le bras. Le garçon sursauta et se jeta dans l'escalier, les bousculant sur son passage. Ils l'entendirent dévaler les marches et sortir en courant dans la nuit.

Tous les yeux étaient fixés sur Zoé.

– C'était pourri de faire ça, dit Aziz d'une voix rauque.

Elle haussa les épaules.

– Faut bien grandir, un jour !

# Coup de blues

Tonka tourna la tête et souffla dans le dos de Félix, un ronflement léger et tendre comme celui d'un poulain. Le garçon était effondré contre son encolure, ravagé de sanglots. Les nombreux courriers de maître Morsec, huissier de justice, étaient éparpillés autour d'eux dans la paille. Tout était vrai ! Les traites en retard. La saisie du Clos Vert. Les chevaux vendus. Suzanne et Amédée à la rue. Félix eut l'impression qu'on lui arrachait le cœur. Il se laissa tomber entre les jambes de l'alezan, la poitrine déchirée. Sans bouger un sabot, Tonka se pencha pour frôler de ses lèvres les cheveux ébouriffés du garçon et sa joue trempée de larmes.

Soudain, l'alezan releva la tête, les oreilles dressées. Il fixa la porte du box. Quelque chose approchait.

Quatre têtes se dessinèrent en ombres chinoises. Quatre têtes désolées qui observaient le garçon agenouillé dans la paille. Tonka hennit doucement. Félix se redressa et distingua les intrus.

– Cassez-vous, gronda-t-il entre ses dents.

Les têtes restèrent immobiles et silencieuses.

Félix balaya ses larmes d'un coup de poignet rageur.

– Barrez-vous, répéta-t-il. Foutez-moi la paix !

La porte s'ouvrit lentement. Une à une, quatre silhouettes noires se faufilèrent dans le box et s'assirent dans la paille.

– C'est sûr, c'est la merde, reconnut Aziz.

Zoé allongea une jambe, frôla de sa sandale la basket de Félix et murmura :

– 'scuse.

Le garçon haussa les épaules.

– C'est mieux que je sache, grogna-t-il.

Un long silence s'installa, habité de froissements de paille, de respirations profondes. Les chevaux étaient aux aguets, troublés par ces présences nocturnes et par la douleur qui flottait dans l'air. Perdre à tout jamais ces bruits familiers, ces parfums de foin et de cuir… Félix fut secoué de chagrin et lutta contre les larmes.

– Est-ce que deux mille euros suffiraient ? demanda tout à coup la voix de Myriam.

– Heu… suffiraient à quoi ? balbutia Félix, surpris.

– À régler une échéance, à faire patienter la banque, à gagner du temps… répondit la voix.

– Je ne sais… Peut-être… répondit Félix.

– Sûrement ! intervint Zoé. Mes vieux sont toujours dans le rouge à la banque et mon père dit que la tactique, c'est de donner aux banquiers des os à ronger. T'as une idée, Myriam ?

– Pas moi, Sainte-Radegonde.

– C'est qui ça, encore ? geignit Aziz.

– C'est un gros village, de l'autre côté de la rivière, dit Félix.

– Au bal, des gens disaient qu'une foire s'y déroulera dans quinze jours, poursuivit Myriam. Avec un concours équestre en plusieurs épreuves. Le premier prix est de deux mille euros.

La somme flotta entre eux comme une bulle de savon.

– Tu es sûre ? reprit Félix. J'ai entendu parler du concours mais jamais d'un prix.

– Apparemment, c'est nouveau. Le centre équestre Daloyeau a l'habitude de tout rafler et les spectateurs se plaignent. La mairie espère que le prix incitera d'autres participants à s'inscrire.

– T'as entendu tout ça au bal ? s'étonna Aziz.

– Et d'autres choses encore, rétorqua Myriam avec un brin d'ironie dans la voix. Je sais me faire discrète, moi.

– Oh, ça va ! Moi aussi, j'ai des infos. Ultrasecrètes, même, susurra le garçon d'un ton mystérieux.

– Vous croyez vraiment qu'on peut gagner ce concours ? l'interrompit Zoé.

– Peut-être, si on s'entraîne à fond, dit Maxime.

– Qu'est-ce qu'on risque ? demanda Myriam.

– Purée ! Ça vous intéresse pas, mes infos ultrasecrètes ? s'insurgea Aziz. Un coup à mille boules en plus !

– Sans déc' ? ironisa Zoé. T'as un plan pour un trafic de crottin ?

– Nan ! fulmina Aziz. J'ai un plan pour tuer les chevaux du Clos Vert !

Un silence de mort tomba sur l'écurie. Puis ils se mirent tous à chuchoter en même temps, le ton monta et Félix dut ramener le calme pour qu'Aziz puisse s'expliquer. Il leur raconta sa rencontre avec les Daloyeau père et fils, le marchandage, le rendez-vous du lendemain. Daloyeau reçut son compte de noms d'oiseaux assenés avec fureur.

– Ce type est un fou dangereux ! se tourmenta Félix. Si Grand-Père apprend ça…

– Amédée ne saura rien, le rassura Aziz. On va régler ça entre nous. J'ai réfléchi.

– De plus en plus énorme… railla Zoé.

– Demain, j'irai au rencard, mais pas tout seul. Vous, vous serez planqués autour. On le prend en photo, on l'enregistre. S'il fait le méchant, on balance tout sur internet.

– Parfait, persifla Zoé, à part un petit détail : on nous a pris nos portables. Alors, pas de son, pas d'images, pas de connexion. On est coupés du monde !

– Pas Sonia, murmura Myriam.

Trois têtes se tournèrent à l'unisson vers Zoé.

– Ah non ! s'exclama-t-elle. C'est fini. J'ai arrêté.

– Arrêté quoi ? demanda Félix.

– Depuis quand ? s'enquit Aziz.

– Je n'ai pas de compte à te rendre, grinça la jeune fille. Quand je dis non, c'est non.

Finalement, ce fut oui.

– Mais c'est la dernière fois, prévint Zoé.

– On lui emprunte son portable juste une petite heure, on l'abîmera pas, ni rien, assura Aziz.

– Il faut aussi qu'on s'inscrive au concours, dit Maxime.

– Je peux le faire lundi en profitant de ma balade, proposa Félix. Mais… heu… il faudra sans doute payer et…

– J'ai ce qu'y faut, intervint Aziz.

Il fouilla dans sa poche et agita cinq gros billets dans la pénombre.

– C'est ton argent ? demanda Félix, stupéfait.

– Celui de Daloyeau, triompha Aziz. T'imagines pas que j'bosse gratos ?

Il y eut des rires étouffés.

Félix reprit la parole, la gorge serrée.

– Pourquoi… Pourquoi vous faites ça ?

– Pour le Clos Vert, répondit aussitôt Maxime.
– Pour les chevaux, ajouta Myriam.
– Pour Amédée, affirma Aziz.
– Pour toi, avoua Zoé.

# Le défi

Le lendemain matin, Amédée se leva sans réveiller Suzanne qui s'était couchée tard, ravie, mais épuisée. Il frictionna ses reins qui cuisaient encore de la dernière polka. Ah, la vieillerie… Ses savates à la main, il passa sur la pointe des pieds devant les autres chambres, plein d'indulgence pour les sommeils juvéniles qu'elles abritaient.

Aussi ouvrit-il des yeux ronds lorsqu'à la cuisine il trouva cinq jeunes autour de la table, habillés de pied en cap, le nez dans un bol. Des « bonjour » l'accueillirent.

– Nom d'un chien ! Mais… on est dimanche !

– Félix nous emmène en promenade, expliqua Aziz. C'est mieux de se lever tôt.

– Si tu es d'accord, bien sûr, Grand-Père, ajouta Félix.

Le vieil homme fronça les sourcils.

– Pour aller où ?

– Pas très loin ! répondit son petit-fils, un tour du côté des vignes.

Pris au dépourvu, Amédée gratta son menton rasé de frais.

– Bon, d'accord, concéda-t-il. Mais une heure seulement. Et interdiction de galoper !

Il fut remercié avec enthousiasme. Aziz vida son bol d'une seule goulée et lança :

– On est partis !

Une minute plus tard, la cuisine était vide et silencieuse.

Son café à la main, songeur, Amédée suivit du regard le petit groupe de cavaliers qui s'éloignait d'un pas tranquille vers le bois.

Dès qu'ils furent hors de vue, Félix tourna bride dans une ancienne piste forestière envahie de fougères.

– Au trot ! Dépêchons-nous. On n'a qu'une heure !

Ils le suivirent en silence, émerveillés par cette aube d'été qui semblait celle du premier matin du monde. Ils trottaient sur un chemin tapissé d'une mousse vert vif qui étouffait le martèlement des sabots. La terre exhalait un parfum de sous-bois frais. Humus et résine, fougère et menthe. Des branches les balayaient au passage dans une averse de rosée que le soleil irisait. Chaque feuille, chaque brin d'herbe portait son diamant pur. Au-delà des feuillages, le ciel s'illuminait de rose tendre, de jaune délicat, de bleu transparent. Arrivé devant ce qui semblait être un mur de ronciers infranchissables, Félix laissa les rênes longues à Tonka.

– Suivez-nous de près, commanda-t-il.

Le petit alezan se faufila d'un pas sûr à travers un labyrinthe de buissons épineux qui surplombaient la tête des cavaliers. Ils débouchèrent sur un champ de blé moissonné s'étendant à perte de vue. Un lièvre détala à longues enjambées puissantes, Jo à ses trousses.

Félix ouvrit les bras.

– Voilà notre terrain d'entraînement ! Ici, personne ne peut nous voir, ni de la route ni du bois. On va construire des obstacles, des buts, des…

– Des buts ? le coupa Aziz. Pour jouer au foot ?

– Plutôt à un genre de basket, rigola Félix.

Il sauta à terre, sortit de sa poche une feuille de journal et la déplia sur un tas de paille oublié par la botteleuse.

– Voilà le programme du concours. Je l'ai trouvé dans un numéro du mois dernier.

Les autres mirent pied à terre et s'approchèrent.

– « Le concours de Sainte-Radegonde, catégorie amateur, est composé de quatre épreuves : match de horse-ball, saut d'obstacles, voltige, élégance, lut Félix. Chaque concurrent, équipe ou individu, doit participer à la totalité des épreuves sous peine d'élimination. »

– Heureusement qu'on est cinq ! souffla Maxime

– C'est quoi du chose-ball ? s'enquit Aziz.

– Horse-ball, s'agaça Zoé. *Horse* comme cheval en anglais. Et *ball* comme balle.

– Du foot à cheval ! C'est cool, ça. Pas besoin de courir.

– C'est très rapide et très sportif au contraire, rectifia Félix. C'est un jeu très ancien. En Afghanistan, les cavaliers se disputaient à coups de fouet une chèvre décapitée.

Aziz leva très haut les sourcils.

– OK. Suuuper coooool. Je vais peut-être pas jouer, alors.

– On aura un ballon et il est interdit de se frapper, continua Félix. Tu dois jouer, il faut quatre personnes par équipe et Gringo sera excellent.

– Qui seront les autres ? demanda Myriam.

– Tonka, bien sûr, mais je ne crois pas que Cheyenne supporterait des chevaux inconnus, des cris… Miss est trop nerveuse et Volga est trop lourde, mais il faudra faire avec. Pour le saut, Cheyenne serait idéal, avec sa détente et ses grandes jambes, s'il voulait bien…

Myriam approuva en silence.

– Pour la voltige, Volga s'impose, poursuivit Félix. Je me suis déjà amusé à faire des acrobaties sur son dos, elle est merveilleuse pour ça.

– Elle est toujours merveilleuse, approuva Maxime. Mais moi, les acrobaties…

– Bah, tu te mets en boule et tu roules ! se moqua Aziz.

La blague blessa Maxime mais il n'en laissa rien paraître. Il avait appris à endurer en silence depuis bien longtemps. En revanche, Félix prit la mouche.

– On aura tous l'occasion d'être ridicule dans les quinze prochains jours mais, à mon avis, on n'a ni temps ni énergie à gaspiller pour se moquer des autres.

– V'là qu'y s'prend pour Napoléon maintenant, marmonna Aziz.

À la suite de quoi, il évita toutefois de faire de l'humour.

– Et l'épreuve d'élégance ? demanda Zoé.

Les yeux de Félix pétillèrent derrière ses fines lunettes.

– À ton avis ?

# Grands travaux

Félix avait endossé l'habit de général en chef et il le garda. De son sac de selle, il sortit son armement : sécateur, marteau, ficelle. Puis il guida ses troupes jusqu'à un bouquet de noisetiers où ils taillèrent un tas de piquets et plusieurs perches qu'ils rapportèrent sur leurs épaules. Puis il envoya un détachement délimiter à pas comptés un terrain de horse-ball d'environ soixante-dix mètres par trente. Ils durent marquer chaque angle par un poteau solidement enfoncé. Les grognards suèrent à grosses gouttes mais ne grognèrent que très peu. Puis ils lièrent les perches par leurs sommets pour former deux hauts tipis. Les supports des buts, expliqua Félix, auxquels seront fixés verticalement deux grands cercles de fil de fer où devra passer le ballon. Puis le général sonna la retraite vers le Clos Vert pour ne pas risquer de se faire sonner les cloches par Amédée ou, pire encore, de se voir priver de promenade à tout jamais. Ils détalèrent à fond de train, surexcités par leurs manigances.

Ils ralentirent le pas à l'angle du petit bois, marchant sagement en file indienne. Amédée les regarda arriver, appuyé sur sa fourche.

– Alors, cette promenade ?

– C'était vraiment bien, assura Maxime.

– On s'est régalés, renchérit Zoé.

– Tant mieux, se réjouit le vieil homme, vous serez en forme pour faire les écuries !

À peine les chevaux bouchonnés et ramenés au pré, ils durent se remettre au travail sans laisser voir qu'ils venaient de trimer avec ardeur. Tout en remplissant une brouette de crottin, Aziz chuchota à Zoé :

– N'oublie pas le portable.

– Je crois que Sonia dort encore.

– Quoi ? À huit heures ? Quelle feignante ! râla le garçon.

Sonia les rejoignit peu après mais ils s'aperçurent avec consternation qu'elle avait son téléphone dans sa poche et le consultait sans arrêt.

– Je parie qu'elle attend un texto de Luc, souffla Zoé.

– Pfff ! C'est bien le jour pour roucouler ! s'énerva Aziz.

Après les écuries, Suzanne sollicita leur aide pour cueillir des prunes et il leur fut difficile de refuser. Ils l'accompagnèrent au verger, chargés d'une ribambelle de paniers d'osier. Les mirabelles ressemblaient à des cerises rondes et safranées, piquées de taches de rousseur. Les reines-claudes avaient la taille d'un abricot, avec une peau lisse d'un vert mordoré. Toutes étaient mûres à point, sucrées et parfumées. Ils s'empiffrèrent tout en remplissant les paniers.

– Ça fera au moins vingt pots de confiture, se réjouit Suzanne. Vous pourrez en emporter. Et je ferai une tarte pour le goûter.

Félix gémit d'extase.

– Oh oui… une tarte aux reines-claudes…

Un bip jaillit de la poche de Sonia. Elle dégaina précipitamment son portable et s'en fut lire le message à l'écart. Elle pianota une réponse, sourire aux lèvres. Puis attendit. Nouveau bip. Elle était si absorbée par sa conversation qu'elle ne remarqua pas les visages impatients, anxieux ou furieux qui l'observaient de derrière les pruniers.

– J'espère qu'elle va le lâcher avant l'heure du rendez-vous, s'alarma Maxime.

– Et même plus tôt ! Il faut le temps d'aller se planquer, souligna Aziz.

Suzanne les appela :

– Venez-vous m'aider à dénoyauter les prunes, les enfants ?

Ils se retrouvèrent attablés devant une montagne de fruits, armés d'une épingle à cheveux qu'il fallait plonger dans chaque prune pour en extraire le noyau. Très vite le jus sucré leur coula jusqu'aux coudes et poissa leurs cheveux.

– Tu parles d'un dimanche ! maugréa Aziz. J'ai jamais autant bossé !

Sonia les rejoignit à la cuisine, rayonnante. Elle goba une prune et annonça d'un ton dégagé :

– Luc va passer nous faire un petit coucou.

– À quelle heure ? demandèrent en chœur les jeunes.

En temps normal la question eut éveillé la méfiance de l'éducatrice mais elle répondit gaiement :

– En milieu d'après-midi.

Les jeunes échangèrent des regards excédés par-dessus les saladiers de prunes.

Le déjeuner fini, Suzanne les embaucha pour répartir les fruits dans de rutilantes bassines de cuivre, surveiller la cuisson, ébouillanter les pots vides et visser les couvercles tandis que les aiguilles de la pendule galopaient en rond. Enfin, peu après seize heures trente, alors qu'au désespoir ils alignaient des cohortes de pots de confiture sur les étagères du cellier, la camionnette du maréchal-ferrant freina dans la cour. D'un bond, Sonia fut à la porte. Cinq paires d'yeux se braquèrent sur son téléphone abandonné. Zoé s'empara d'un torchon et fit mine d'essuyer négligemment la grande table. Félix eut l'impression d'assister à un spectacle de prestidigitation. Le portable était là. Abracadabra ! Il n'y était plus. Maxime lui donna un coup de coude.

– Ferme la bouche, chuchota-t-il.

Aziz donna par gestes le signal du départ.

– On y va, Mamie, annonça Félix.

– Bien sûr, mes enfants ! cria Suzanne du fond du cellier. Un grand merci pour votre aide ! Vous êtes a-do-ra-bles !

Eux couraient déjà à toutes jambes au rendez-vous de leur ennemi.

# Le piège

L'abri de chasse était un simple cabanon, trois murs de pierres sèches surmontés d'un toit de tuiles. Il s'ouvrait face à une mare bordée de charmes où les animaux de la forêt aimaient à boire. Des chasseurs y avaient traîné quelques fauteuils défoncés et venaient se restaurer là, avec un stock de munitions de bière, à l'abri de leurs femmes. Autour des traces de feu de camp, le sol était jonché de canettes et de cartouches vides.

Ils arrivèrent à cinq heures moins dix, à bout de souffle.

– On n'a qu'un seul portable, haleta Aziz. Comment on va faire ?

– C'est vrai, ça ! s'exclama Zoé. Si on vous photographie pendant que vous discutez, on sera trop loin pour enregistrer !

Félix observa le champ de bataille. Les buissons les plus proches étaient bien maigres pour se cacher et les premiers arbres trop éloignés.

– Je vais monter sur le toit de la cabane, décida-t-il. Vous trois, vous vous cachez un peu plus loin, vous prenez quelques photos puis vous me lancez le portable et j'enregistre à travers les tuiles.

– C'est trop risqué ! s'écria Zoé. On va bousiller ce téléphone et le juge ne nous lâchera plus jamais.

– Une autre idée ?

– On pourrait faire une chaîne, suggéra Maxime. Myriam derrière l'arbre, Zoé près de la mare, moi je me cache derrière la cabane et je te passerai le portable. Comme ça on ne le jetterait pas de trop loin à chaque fois.

– OK, dit Aziz. On essaye ! Vite !

Mais alors que chacun se cherchait une cachette, un bruit de moteur retentit.

– Le voilà ! Planquez-vous ! prévint Aziz à mi-voix.

Il se précipita pour faire la courte échelle à Félix qui se hissa à bout de bras et rampa sur les tuiles tandis que Maxime se jetait à plat ventre dans les orties. Zoé se pelotonna sous un charme, les pieds dans la vase. Myriam se glissa derrière un chêne et retint son souffle.

Dans le bois, des pas lourds écrasaient les feuilles sèches. Aziz s'assit dans un des fauteuils, ramassa une capsule de bière et la lança en l'air avec désinvolture.

La lourde silhouette de Daloyeau émergea d'entre les arbres.

Aziz vit Myriam tourner doucement autour de son arbre pour rester hors de vue.

– Tu es à l'heure, c'est bien, grommela le gros homme.

Aziz prit un air modeste et appliqué. Daloyeau s'écroula dans un fauteuil déglingué qui gémit sous son poids. Il sortit un flacon de sa poche et le tendit à l'adolescent.

– Une cuillère à soupe sur l'avoine du matin, dit-il. Le soir, c'est réglé.

Myriam avait choisit l'option vidéo et capturait toute la scène. Aziz observait le flacon, le gros homme parlait. Il était temps d'enregistrer. Myriam croisa le regard de Zoé qui hocha la tête. Elle prit le temps de viser, bloqua sa respiration et lança. Le téléphone s'envola, petit pavé de plastique noir et miroitant, droit vers la mare. Zoé tendit les mains, la bouche ouverte, les yeux rivés sur le téléphone tourbillonnant. Elle l'attrapa au ras de l'eau, du bout des doigts, et le serra sur son cœur battant. Vite ! Le portable sauta en direction de la cabane. Trop court ! Zoé, horrifiée, le vit rebondir sur une touffe de marjolaine et s'immobiliser. Aussitôt, une main se mit à ramper dans l'herbe comme une araignée, suivie d'un bras dodu et d'une épaule ronde. Maxime s'étira à craquer. Il parvint à crocheter le téléphone d'un ongle et à l'attirer vers lui. Bras et portable disparurent derrière la cabane. Zoé respira.

– Et si y a un problème ? demanda Aziz.

– Utilise le produit comme je te l'ai dit et il n'y en aura pas, rétorqua Daloyeau.

– Oui, mais au cas où ? s'obstina Aziz.

– Je ne te connais pas. Je ne t'ai jamais vu.

– Moi, je vous ai vu, remarqua Aziz.

– Ce sera ta parole contre la mienne. Qui le juge croira-t-il ? asséna Daloyeau.

Aziz baissa la tête.

– Bien. Si tu n'as plus de questions…

Daloyeau entreprit de s'extirper du fauteuil en ahanant.

– Si. Encore une. Est-ce qu'y vont souffrir, les chevaux ?

L'homme le toisa d'un œil noir.

– Qu'est-ce qu'on en a à foutre ?

En quelques pas il se fondit dans le clair-obscur du bois et disparut. Le moteur du 4x4 ronfla peu après et s'évanouit dans le lointain. La tête de Félix apparut alors au bord du toit. Il était pâle de rage mais ses yeux brillaient.

Assis en rond autour du portable, muets de stupeur et de dégoût, ils regardèrent la vidéo et écoutèrent l'enregistrement. Ils considérèrent avec effroi le flacon de granulats verdâtres posé au centre de leur cercle.

– On devrait lui faire bouffer sa came, souffla Zoé.

Les autres approuvèrent de la tête.

– Si Grand-Père savait ça… répéta Félix, atterré.

– T'inquiète, rigola Aziz, le gros Daloyeau, on le tient par les cacahuètes…

# Une visite au grenier

Ils rentrèrent au Clos Vert, toujours en courant, de peur de Sonia ne fût à la recherche de son téléphone. En arrivant, ils se dispersèrent pour ne pas attirer l'attention. Félix et Zoé firent un détour par le verger.

– Il faut que j'envoie l'enregistrement et la vidéo sur ma page, expliqua Zoé en tripotant le portable. Punaise, il n'y pas beaucoup de réseau ici !

– On pourrait monter au grenier, c'est un peu mieux, proposa Félix.

Ils entrèrent en catimini par la porte de derrière. Un coup d'œil par la fenêtre du salon leur apprit que Luc et Sonia avaient tiré deux chaises longues à l'ombre des tilleuls et papotaient passionnément.

Ils montèrent sans bruit au premier et Félix guida Zoé au fond du couloir jusqu'à une petite porte insignifiante. Il tira un loquet rouillé. La porte s'ouvrit en grinçant sur les premières marches d'un escalier abrupt qui montait dans l'obscurité. Félix tâtonna le mur et alluma une ampoule pâlichonne.

– Vas-y d'abord, souffla Zoé.

– Attention à ta tête, prévint Félix.

De fait, l'escalier montait raide jusqu'à un entrelacs d'énormes poutres de châtaignier. Une faible lueur pénétrait entre les tuiles et plongeait le grenier dans une pénombre bleutée. Les recoins restaient emplis d'obscurité.

– C'est immense ! chuchota Zoé.

– Et plein de trucs incroyables ! répondit Félix.

Il lui brandit sous le nez une sorte de trombone à coulisse couvert de poussière.

– Et ça ? gémit Zoé en montrant d'un doigt tremblant une silhouette tapie dans un coin.

– Ha ha ! C'est le mannequin à couture de Suzanne !

Félix souleva la grande capeline de paille qui couvrait le buste d'osier et la tendit à Zoé. Elle rit et posa le chapeau sur sa tête.

– Ce serait bien pour l'épreuve d'élégance, non ?

Félix avala sa salive.

– Oui, tu es… murmura-t-il. Enfin, c'est pas mal !

Il se détourna bien vite pour farfouiller la serrure d'une haute malle noire aux ferrures patinées. Elle révéla une penderie tapissée de papier fané et une multitude de tiroirs aux ravissants boutons de bakélite.

– Waoh ! s'écria Zoé. Génial !

– C'est la malle du voyage de noces de mes arrière-grands-parents. Elle est vieille, tu sais.

Zoé ouvrit l'un des tiroirs et laissa échapper un cri de joie.

– Regarde ! Des gants ! Je peux ?

Félix haussa les épaules.

– Oui, je crois. On les repliera bien.

Elle déploya délicatement un long gant de chevreau blanc et y glissa sa main. Il lui montait jusqu'au coude.

– C'est dingue comme c'est doux ! Touche.

Félix posa un index timide sur son avant-bras.

– Moui, concéda-t-il.

Zoé entreprit d'examiner le contenu de la penderie. Elle tira sur un long pan de soyeux tissu bleu ciel.

– Je suis sûre que c'est la robe de Suzanne !

– Il faut que tu t'occupes du téléphone, rappela Félix. On pourra explorer le grenier après, si tu veux.

– Et ces dentelles ! Oh là là !

– Zoé, le téléphone !

La jeune fille retira à regret son gant blanc pour pianoter sur l'écran tactile.

– Ça va le réseau ? s'enquit Félix.

– Ouais, c'est fait. Maintenant, je nettoie la mémoire. Voilà, c'est bon.

Elle frotta l'écran sur sa manche pour effacer ses traces et lui tendit le téléphone.

– Tu y vas ?

– M-m-moi ? bégaya Félix.

– Oui. Tu as juste à le reposer sur la table, tu ne risques pas grand-chose.

Elle eut un sourire enjôleur sous son grand chapeau.

– S'il te plaît. C'est trop beau ici.

La main du garçon saisit le potable avant même que son cerveau ne lui en ait donné l'ordre. Il soupira et partit en traînant les pieds.

Félix rasa les murs comme un prisonnier en fuite. N'importe qui, au premier coup d'œil, lui eût trouvé l'air louche. Il risqua un regard dans la cuisine. Déserte. Il rassembla son courage, prit son élan…

– Alors, petit filou, qu'est-ce que tu mijotes ? demanda Suzanne.

Félix se retourna d'un bond, déjà rouge comme une tomate.

– Rien, Mamie, rien !

– Mon petit doigt me dit autre chose…

– Ah bon ?

Elle s'avança pour lui pincer la joue.

– Tu cherches la tarte !

Félix crut s'évanouir de soulagement. Il tâcha de prendre l'air dépité de qui se sent démasqué. Tandis que sa grand-mère ouvrait le four, laissant s'échapper un parfum de prunes cuites à damner un saint, il se débarrassa du téléphone sur un coin du buffet.

– On ne peut rien te cacher, ironisa-t-il.

– C'est vrai, reconnut Suzanne avec modestie.

# Des hauts et des bas

Quelques jours plus tard, lors de la leçon matinale, Amédée se félicita de voir ses élèves si attentifs, si appliqués. Ils avaient tous progressé de manière étonnante, sauf Sonia qui peinait encore à s'imposer à la placide Giroflée. Amédée décida qu'il était temps de passer au saut d'obstacles. Tandis que les cavaliers tournaient au pas, il traîna une longue barre de bois colorée en travers de la piste. Il laissa une des extrémités au sol et posa l'autre sur un croisillon de bois haut d'une quarantaine de centimètres.

– Reprenez vos rênes, ordonna-t-il. En arrivant dans l'angle, vous prendrez le trot. Bien assis dans la selle, épaules en arrière… Laissez le cheval passer la barre sans vous crisper. Vous pouvez tenir la crinière.

Zoé fut la première à tourner l'angle. Elle prit le trot, se souleva légèrement sur ses étriers quand Miss fit quelques foulées de galop, bondit par-dessus l'obstacle, retomba en souplesse.

– Bien, reconnut Amédée. Très bien, même.

Giroflée, elle, choisit de raser l'extrémité de la barre au sol, sans même infléchir son trot flegmatique. Puis ce fut le tour d'Aziz et de Gringo, hop ! De Maxime et de Volga, hop ! De Myriam et de Cheyenne, hop !

– Bien. Je vais monter la barre à l'horizontale, annonça Amédée un peu surpris de leur aisance.

Il fixa la barre sur un second croisillon de bois.

– Sonia, vous pouvez rester au centre, ajouta-t-il.

– Avec plaisir, répondit l'éducatrice sans cacher son soulagement.

Hop ! Hop ! Hop ! Hop ! Les quatre jeunes cavaliers survolèrent l'obstacle sans broncher.

– Ah, ça ! s'exclama Amédée. On dirait que vous êtes doués !

– C'est juste qu'on aime bien, dit Zoé, craignant que le vieil homme ne soupçonnât leur entraînement secret.

– Ouais, c'est pas trop dur, ajouta Aziz.

Car ce qu'ignorait Amédée, c'est que Félix, lui, était bien plus exigeant. Toutes les fins d'après-midi, à la place d'une prétendue promenade, il les faisait impitoyablement travailler un parcours d'obstacles bricolé avec de grandes perches de noisetier et des bottes de paille.

– Je vais monter un peu la barre, décida Amédée.

– Pas trop tout de même, feignit de s'inquiéter Zoé.

Il ajouta ensuite une seconde barre, deux mètres avant la première, puis un mur de bois plein et enfin un oxer qui dépassait le mètre. Très vite, Maxime annonça qu'il jetait l'éponge. Zoé le rejoignit bientôt, puis Aziz. Seuls Myriam et Cheyenne restèrent en piste. Le grand cheval noir survolait les obstacles avec une facilité surnaturelle. Sa cavalière ne le talonnait pas, ne le houspillait pas, ne semblait même pas le guider. Elle lui offrait une confiance totale, elle lui donnait des ailes.

Zoé murmura :

– C'est trop beau !

Le vieux maître d'équitation hocha la tête. Il dit d'une voix rauque :

– Pourvu que ça dure…

À cet instant, un nuage voila le soleil, les ombres s'allongèrent et le sortilège vola en éclats. Soudain épouvanté par l'oxer, Cheyenne secoua la tête, perdit l'équilibre et chuta lourdement de côté. Emportée par l'élan, Myriam fut jetée dans les barres qui s'effondrèrent en avalanche.

Ils bondirent à leur secours. Cheyenne se relevait en panique, hennissant suraigu, les antérieurs piégés par les rênes. Aussitôt dégagée, Myriam ne se soucia que de lui, murmurant une mélopée apaisante, main tendue. Elle parvint à poser ses doigts sur l'épaule noire inondée de sueur, laissa sa main glisser jusqu'aux naseaux rouges et palpitants. Le calme revint peu à peu au grand cheval, qui resta frissonnant, la tête basse. Avec une douceur infinie, Myriam déboucla les rênes et le libéra de ses entraves.

– Marche avec lui pour qu'il se détende, conseilla Amédée. Mais après…

Il laissa sa phrase en suspens.

– Après ?

Myriam tourna vers lui un visage tuméfié. Une bosse gonflait déjà son front et une tache mauve envahissait sa pommette, lui fermant l'œil à demi.

– Après, ce serait bien de remonter en selle. Pour toi comme pour lui.

Elle approuva sans hésiter et fit en boitant quelques pas avec Cheyenne, le réconfortant d'une voix tendre.

Amédée, une main sur le chanfrein du cheval noir, tint l'étrier de la jeune fille tandis qu'elle se hissait avec une grimace de douleur. Cheyenne prit docilement le pas, puis le trot. Il semblait calme, un peu abattu, comme épuisé par son brutal accès de folie.

– On ne peut pas lui faire confiance, regretta Amédée au retour à l'écurie.

– Un jour on pourra, affirma simplement Myriam.

# Virevolte, voltige et valdingue

Amédée refusa de laisser Cheyenne participer à la balade de l'après-midi et Myriam dut rejoindre le terrain d'entraînement avec le vieux vélo de Suzanne.

La route faisait un long détour à cet endroit et quand elle arriva au champ d'entraînement, les autres étaient déjà au travail. Ils avaient fixé des cercles de fil de fer sur les deux trépieds de noisetier qu'ils s'efforçaient de planter solidement dans le sol, un à chaque extrémité du terrain de horse-ball. Lorsqu'ils eurent terminé, les deux cercles étaient dirigés vers le terrain, à trois mètres de hauteur. Félix alla chercher son sac à dos et en sortit un ballon de foot qu'il avait enserré d'un filet de nylon. Une courroie de cuir glissée à travers les mailles formait quatre poignées.

– C'est la chèvre décapitée ? demanda Aziz.

– Elle-même, rigola Félix. Le ballon du concours sera bien mieux, mais on va déjà pouvoir s'entraîner. Maintenant, il faut arranger nos selles.

Il tira de son sac quatre sangles de cuir prélevées le matin même dans la sellerie. Il montra l'opération sur Tonka, soulevant les quartiers de sa selle pour fixer la sangle entre les étriers.

– C'est une sangle de ramassage. Elle va tenir la selle quand nous nous pencherons jusqu'au sol pour attraper le ballon.

– Jusqu'au sol… répéta Aziz avec une moue dubitative.

– Les règles du horse-ball sont simples mais précises, continua Félix. Il faut faire au moins trois passes entre équipiers avant de marquer un but. Pas le droit de garder le ballon plus de dix secondes. En défense, on peut faire obstruction, arracher le ballon, mais pas taper l'adversaire. Des questions ?

Maxime leva la main.

– Combien de temps dure un match ?

– Deux mi-temps de dix minutes, avec une pause de trois minutes. Les autres équipes feront sans doute alors entrer des remplaçants.

– En général dans une équipe, on porte un maillot ou quelque chose comme ça, remarqua Zoé. Comment on sera habillés, nous ?

– Je n'ai pas réfléchi à ça, reconnut Félix.

– Je m'en occupe alors, décida Zoé avec satisfaction.

– Oh, doucement, hein ! tempéra Aziz. J ai pas envie d'être sapé en clown, même à Sainte-Rat d'Égout !

– Ce sera classe, assura Zoé. Toujours plus que ton…

– À cheval maintenant, coupa Félix. On va d'abord travailler les passes.

Ce ne fut pas une mince affaire que d'envoyer et surtout de rattraper le ballon, tout en avançant au pas ou au trot vers l'un des buts. Myriam passait son temps à ramasser la balle par terre. Gringo et Tonka, souples, petits, rapides et malins, saisirent tout de suite l'intérêt du jeu et participèrent activement. Très vite, Aziz et Félix purent même lâcher les rênes et se concentrer sur le ballon tout en galopant à fond de train vers les buts. Volga, elle, avait l'air désemparée par ces virevoltes continuelles et Miss commençait à montrer des signes d'agacement. Ils mirent pied à terre et se passèrent une gourde de main en main.

– Il faut qu'on s'occupe aussi de la voltige, dit Félix. Viens Maxime, on va s'entraîner plus loin.

Cette fois, Félix tira de son sac un épais tapis de selle et un sorte de mini-harnais avec deux poignées. Il en équipa Volga. Puis il fabriqua une chambrière avec une longue badine et quelques mètres de ficelle. Enfin, il déroula une longe de corde et la fixa au filet de la jument.

– J'ai vérifié sur un bouquin : le cheval doit évoluer sur un cercle de treize mètres de diamètre, expliqua-t-il. Je vais donc tenir la longe à six mètres et demi, tu comprends ?

Maxime hocha la tête. Il semblait anxieux.

– Ça va aller, le réconforta Félix. Tu sais comme Volga est douce et gentille.

– Oui, oui, bafouilla le gros garçon. C'est que j'chuis nul en gym !

– Mais non, tu vas voir.

Il l'aida à s'installer sur le large dos de la jument blonde. Maxime s'accrocha aux poignées du harnais. Félix claqua de la langue et Volga s'installa sur le cercle, d'un pas régulier.

– Maintenant, ouvre les bras en croix, intima Félix au jeune cavalier. C'est ça ! Plus haut ! Relève la tête. Le regard sur l'horizon. Maintenant, reprends les poignées et passe ta jambe gauche sur l'encolure. Non, la gauche !

Maxime hissa sa courte patte en travers du cou de la jument et oscilla en équilibre instable.

– Maintenant, la jambe droite. Très bien. Ensuite la gauche par-dessus la croupe.

Maxime parut réfléchir intensément.

– Mais je vais être à l'envers !

– Oui et ensuite tu reviendras de face par l'autre côté, confirma Félix. Ça s'appelle un moulin, ça fait partie des figures imposées.

– Imposées ! hoqueta Maxime tout en s'efforçant de lever sa cuisse assez haut. Il y en a beaucoup ?

– Six, d'après ce que j'ai lu. Et un programme libre d'une minute avec de la musique.

Maxime accusa le coup mais serra les dents. Ce n'était pas le moment de se dégonfler. Le Clos Vert comptait sur lui ! Il réussit à s'asseoir face à la croupe de Volga.

– Maintenant, écarte à nouveau les bras. Est-ce que tu crois que tu pourrais sourire ?

Maxime s'arracha un rictus crispé.

Félix, consterné, le vit faire mille efforts pour passer ses jambes sur le flanc extérieur de Volga et revenir à sa position de départ. Il n'osa pas réclamer un peu plus d'élégance. Amédée avec tous ses rhumatismes se montrerait plus agile, songea-t-il amèrement. Il se reprit aussitôt. Il restait onze jours avant le concours et en travaillant d'arrache-pied, ils obtiendraient des résultats ! Il le fallait !

– Bravo ! Maintenant, en balançant tes jambes, prends assez d'élan pour venir déposer tes pointes de pieds sur sa croupe. Tout en douceur.

Maxime rassembla ses forces. Son courage. Sa volonté. Il se retrouva soudain transporté dans le gymnase de son collège, puant la sueur et la peur, lors des abominables séances d'enchaînements sur la poutre. Dans ses oreilles résonnèrent les invectives du professeur excédé et les rires narquois des élèves. Il les entendait prendre des paris, non pas sur sa chute certaine, mais sur le temps qu'il tiendrait avant de s'écraser lamentablement au sol.

Résigné au pire, il jeta ses pieds en arrière, manqua la croupe de peu et se laissa glisser, entraîné par la fatalité. Il s'affala sur le sol hérissé de tiges de blé comme un sac de gravier tombé d'un toit. Volga s'arrêta net, l'épargnant délicatement de ses énormes sabots.

– Ça va ? s'empressa Félix.

– Ça va, répondit Maxime d'une voix éteinte.

Félix tendit la main pour l'aider à se relever. Mais le garçon resta assis, les yeux baissés. Félix s'assit à son tour.

– J'suis nul, gémit Maxime en essuyant son nez qui dégoulinait. J'suis un gros nul qui sert à rien.

– Mais non, commença Félix, on va travailler tous les jours. On va…

– Vous devriez échanger, intervint une voix.

Ils levèrent la tête. Myriam s'était approchée sans bruit.

– Je vous regarde depuis un moment, dit-elle. Maxime devrait prendre la longe et toi, tu devrais grimper sur ce cheval.

– Non, c'est celui de Maxime et je…

– Moi, ça ne me dérangerait pas, intervint Maxime. La longe, c'est un peu comme de conduire la carriole, je… je crois que j'aimerais bien.

– Vraiment ? insista Félix.

– Essayez, suggéra Myriam en haussant les épaules.

Félix montra au nouveau longeur comment tenir la corde et la chambrière et sauta sur Volga.

– Salut, dit-il en lui gratouillant l'arrière des oreilles. Tu veux bien d'un autre cavalier ?

Maxima claqua de la langue et Volga reprit son pas majestueux. Félix tendit les jambes et se propulsa tel un ressort. Ses orteils atterrirent avec légèreté sur la croupe ronde, au ras du tapis. Il se tint à genoux, étendit le bras gauche vers l'avant, la jambe droite vers l'arrière, tout son corps arrondi en un bel équilibre.

– Ça, c'est l'étendard, dit-il.

– Génial ! s'enthousiasma Maxime.

– On pourrait recommencer au trot ? demanda Félix.

Maxime agita doucement la chambrière.

– Allez, trotte, ma belle.

Volga s'exécuta volontiers. Félix reprit son étendard. Revint à genoux sur la croupe. Déplia lentement les jambes et se retrouva debout, se retenant de la main par la rêne fixée au harnais. Une salve d'applaudissements crépita. Les joueurs de horse-ball s'étaient interrompus, admiratifs. Il leur fit coucou de la main.

– Je pense qu'avec de l'entraînement, je peux le faire au galop, confia-t-il à Maxime en descendant de cheval.

– Moi, je pense qu'avec de l'entraînement on va gagner ce concours, répondit le gros garçon avec conviction.

# À la folie

Les dix jours suivants furent dix jours de folie. Ils travaillèrent plus dur que jamais dans leur vie. Tout en assumant leurs leçons d'équitation habituelles, les tâches quotidiennes de soins aux chevaux, le nettoyage des écuries, la vaisselle, le ménage des chambres, les coups de main répétés au poulailler, au verger, au potager et à la cuisine, ils profitèrent de chaque minute libre pour s'entraîner. Le grenier était devenu leur quartier général. Au prétexte d'y faire des parties de cache-cache, ils y entreposaient leur matériel, préparaient leurs costumes, élaboraient des stratégies de horse-ball et peaufinaient des figures de voltige. Chaque après-midi comportait un entraînement intensif à cheval d'où ils rentraient fourbus et affamés. Enfin, le soir, dès que la lumière s'éteignait sous la porte de Suzanne et Amédée, ils se relevaient en cachette pour courir dans la carrière se faire des passes et répéter leurs parcours au clair de lune. Enfin, ils allaient s'écrouler sur leurs lits et sombraient dans un sommeil de plomb. Ils avaient l'impression d'avoir seulement fermé les yeux qu'Amédée tambourinait déjà à la porte.

La tension montait de jour en jour et les nerfs étaient mis à rude épreuve. Maxime se cramponnait comme un naufragé dans la tempête à sa nouvelle devise : « Si on s'entraîne à fond, on va gagner. » Il la répétait en boucle malgré les menaces de mort que lui prodiguait un Aziz survolté. Zoé manquait de mordre quiconque lui adressait la parole, Myriam s'enfermait dans le plus profond des silences et Félix agaçait tout le monde, telle la mouche du coche. Ils se disputèrent tant et plus. Aziz et Zoé faillirent même en venir aux mains.

Enfin, le grand jour arriva.

C'était un dimanche, le dernier du mois de juillet. Ils avaient supplié Amédée de les laisser aller à cheval à la foire de Sainte-Radegonde. Le vieil homme avait fini par accepter, « en récompense de vos efforts », avait-il précisé. Suzanne, pour sa part, leur avait concocté un dîner de rois couronné par un inoubliable fondant au chocolat.

Ils se levèrent donc dans l'aube rose, après une maigre nuit, pour mettre la dernière main à leurs préparatifs. Ils emballèrent soigneusement leurs costumes et les cachèrent au fond des sacoches de selle. Ils ajoutèrent pardessus plusieurs bouteilles d'eau, un copieux casse-croûte préparé par Suzanne et s'assirent devant leurs bols fumants. Zoé regarda le sien avec dégoût.

– Ça va ? murmura Félix.

– Mal au ventre, dit-elle d'une petite voix.

Il observa furtivement ses complices. Myriam avait l'air de déjeuner sur une autre planète. Aziz semblait avoir mis les doigts dans une prise électrique. Maxime engouffrait tartine de miel sur tartine de miel, sans jamais mâcher. Amédée aussi dut les trouver plus bizarres qu'à l'accoutumée car il demanda :

– Vous êtes sûrs de vouloir y aller à cheval ? Je peux vous emmener en camionnette si vous préférez.

Ils assurèrent que oui, oui, tout allait bien, et que non, non, pas besoin qu'il se dérange, expédièrent leur repas et filèrent à l'écurie sans demander leur reste.

La veille au soir, ils avaient brossé les chevaux jusqu'à les faire reluire. Tous les crins avaient été dépoussiérés et peignés, les crinières tressées, les sabots enduits de goudron de Norvège noir et brillant. Ils les étrillèrent rapidement et les harnachèrent. Ils subtilisèrent peigne, brosse, longe, sangles, ainsi que quelques rations d'avoine qu'ils cachèrent dans leurs sacoches. Maxime s'empara de la chambrière et tenta de la dissimuler le long du flanc de Volga.

– Vite, fichons le camp avant que Grand-Père ne nous voie ! les pressa Félix.

Ils sautèrent en selle et s'éloignaient déjà sur la route, Jo sur les talons, quand Amédée sortit de la cuisine.

Il les regarda partir et s'autorisa un instant de satisfaction. Leur assiette était impeccable. Quoique le petit Maxime se tenait un peu tordu et penchait à droite. Il faudrait surveiller ça. Le vieil homme se sentit soudain ému par ces gosses, par la bonne entente qui semblait régner avec le petit et par l'affection évidente qu'ils portaient tous à ses chevaux. Ça fera un vide quand ils seront partis, songea-t-il avant de se morigéner. À son âge, se monter la tête comme une midinette ! Avec tous les soucis qu'il avait !

Il soupira et saisit sa fourche à foin.

Plus tard dans la matinée, alors qu'il graissait un filet, une voiture s'arrêta dans la cour. Ce n'est pas le facteur, pensa-t-il, on est dimanche. Pas Daloyeau, tout de même ? Amédée serra les poings dans son bleu et regretta l'absence de Jo.

Mais la voiture était une grosse berline d'un gris métallisé et l'homme qui en descendit lui rappelait vaguement quelque chose.

– Monsieur Maillet, dit l'homme avec un grand sourire, vous me remettez ? Serge Régnaud.

– Ah, monsieur le juge ! sourit Amédée en saisissant la main tendue. Tu n'as pas rajeuni, nom d'une pipe !

– Vous, vous ne changez pas ! s'exclama le juge. Toujours bon pied, bon œil !

– Ouais, dit Amédée, faut le dire vite… Allez, viens boire un café et saluer la patronne.

Mais Suzanne arrivait déjà en s'essuyant les mains à un torchon.

– Le petit Serge ! s'écria-t-elle.

Le juge se pencha et embrassa la vieille dame sur les deux joues. Ils rentrèrent dans la cuisine fraîche et le café fut servi.

– Tu viens voir tes protégés, sûrement ? demanda Suzanne.

– En fait, je rentre de vacances, expliqua le juge. J'étais sur l'autoroute quand l'envie m'a pris de faire un détour pour voir ce que donne cette expérience. J'ai déjà eu de très bons échos par Sonia qui m'envoie des messages régulièrement.

– Tu n'as pas de chance, c'est son jour de congé aujourd'hui. Les jeunes, eux, ne rentreront qu'après déjeuner. Ils sont partis avec Félix à la foire de Sainte-Radegonde.

Serge Régnaud siffla d'admiration.

– Ils ont dû faire de sacrés progrès pour que vous les laissiez partir tout seuls !

– Oh, tu seras étonné, confirma Amédée. J'ai eu bien des élèves, mais des comme ça…

– Malheureusement, je ne peux pas trop attendre, regretta le juge.

Il remua distraitement son café.

– Et si on les retrouvait là-bas ? demanda-t-il avec enthousiasme. Ce serait un plaisir d'aller à la foire avec vous comme dans le temps !

– Sûr que ça leur ferait une bonne surprise, reconnut Amédée.

# Surprise !

Sainte-Radegonde était un gros bourg endormi qui ne se réveillait que les jours de foire. Ils eurent du mal à trouver une place pour se garer entre les camionnettes de maraîchers, les caravanes de forains et la multitude de véhicules venus de tout le canton. Ils s'en furent à pied par les rues encombrées de badauds et d'étals chargés de marchandises, depuis la charcutaille jusqu'aux tronçonneuses en passant par les chaussettes de laine et les animaux vivants.

– C'est la foule des grands jours, s'amusa Serge Régnaud. On aura du mal à les trouver !

– Ils voulaient surtout voir le concours équestre, dit Amédée. C'est sur la place du foirail, allons-y.

– Donne-moi ton bras, réclama sa femme. Tout ce monde, ça me fait tourner la tête !

Ils se frayèrent un chemin vers une grande place herbeuse qui s'étendait derrière le marché aux bestiaux. Des tribunes y avaient été montées et entourées d'une palissade. Un animateur s'égosillait dans un micro et sa voix, retransmise par une rangée de haut-parleurs, couvrait la cacophonie de la foire.

– Et c'est encore l'équipe Daloyeau qui remporte le match de horse-ball, dans la catégorie cadet ! bramait-il. On les applaudit bien fort !

Serge Régnaud joua des coudes pour qu'ils puissent accéder aux gradins qui dominaient la piste centrale. Ils s'assirent en bout de rangée et cherchèrent les visages des jeunes dans la foule.

– Et maintenant, mesdames, mesdemoiselles, messieurs, vociféra le présentateur, le troisième et dernier match, celui de la catégorie junior ! Je vous demande d'accueillir le vainqueur du trophée de Sainte-Radegonde depuis cinq saisons, l'équipe du centre hippique DALOYEAU !

L'œil d'Amédée se fit plus noir que jamais. Il fit mine de se relever mais Suzanne le retint par le bras. Une équipe de six joueurs se présenta sur la piste, montée sur de petits chevaux lustrés aux crinières coupés à ras. Quatre garçons et deux filles, vêtus de maillots noirs flambant neufs et marqués dans le dos d'un « DALOYEAU » en lettres énormes. Bottes et harnais rutilaient. Les applaudissements furent polis.

– Et maintenant, voici la courageuse équipe de challengers qui vient devant vous défier le tenant du titre ! Mesdames et messieurs, l'équipe du CLOS VERT !

Amédée se rassit brutalement, les yeux rivés sur la piste. Les doigts de Suzanne blanchirent sur sa manche.

– Mon Dieu ! souffla-t-elle. C'est le petit !

Félix faisait son entrée au trot, suivi par Aziz, Zoé et Maxime. Ils s'alignèrent en rang d'oignons. Tous quatre portaient de vastes chemises d'un blanc immaculé, sans col, à larges manches bouffantes.

– Je… je les reconnais, balbutia Suzanne, ce sont les chemises du Papé !

Les quatre cavaliers ôtèrent leurs bombes de velours et saluèrent gracieusement le public qui apprécia et répondit de bon cœur. De loin, personne ne pouvait voir que le velours râpé des coiffures avait été soigneusement noirci au feutre. Mais les équipiers Daloyeau eurent une moue de mépris pour ces adversaires de peu.

Le juge Régnaud se pencha vers Amédée. Le vieil homme semblait changé en pierre. Seuls les muscles de ses mâchoires se crispaient spasmodiquement.

– J'imagine que vous n'êtes pas au courant, monsieur Maillet ? demanda le magistrat.

Amédée fit non de la tête.

– Ce n'est pas encore trop grave, le rassura Serge Régnaud. Ces jeunes gens m'ont habitué à pire…

– Je leur faisais confiance, siffla Amédée entre ses dents. Et à mon petit-fils aussi.

Le juge eut une moue de compréhension résignée.

Un coup de sifflet strident lança le match. Le tirage au sort avait mis le ballon entre les mains de Félix. Il fit une passe à Zoé et l'équipe Daloyeau se jeta aussitôt dans la mêlée avec férocité. Miss fut prise en sandwich par deux chevaux hargneux. La jument blanche n'apprécia guère et leur décocha un coup de pied qui déséquilibra sa cavalière. Une main puissante en profita pour lui arracher le ballon. Les Daloyeau virevoltèrent vers les buts adverses dans un tonnerre de sabots. Une, deux, trois passes, et but.

– Le premier goal est pour le camp Daloyeau ! hurla le commentateur. Attention les Clos Vert à la disqualification pour mauvais geste ! Tenez vos chevaux !

– Ça va mal finir, prophétisa Amédée.

# Les chats et les souris

La première mi-temps fut un enfer pour les cavaliers du Clos Vert. Leurs adversaires aguerris par de nombreux combats les étourdissaient, les étouffaient, les faisaient tourner en bourrique et paralysaient leurs stratégies. À 5-0 et à deux minutes de la pause, Félix sentit ses troupes gagnées par la panique. Les spectateurs n'applaudissaient que mollement les buts marqués, déçus par cette humiliation publique.

– La malheureuse équipe du Clos Vert doit se ressaisir si elle veut garder une chance de sauver l'honneur, glapirent les haut-parleurs.

En tant que capitaine, Félix signala qu'il demandait un temps mort de trente secondes et rassembla son équipe.

– On se fait ratatiner ! se lamenta Aziz.

Félix l'ignora.

– Vous vous rappelez pourquoi on participe à ce concours ?

Les autres hochèrent la tête.

– Bien. Maintenant, on va changer de tactique : Maxime et Zoé restent en défense. Aziz et moi, on fonce dans le tas ! À l'attaque !

Au coup de sifflet, le capitaine des Daloyeau, une fille souple et solide comme une liane, rafla le ballon au sol. Félix s'élança mais elle le trompa et glissa la balle à un coéquipier, un grand balèze aux bras d'orang-outan qui partit à fond de train, à demi couché au flanc de sa monture. Son objectif était clair : assurer la troisième passe avec un garçon qui suivait une course parallèle à la sienne en direction du but du Clos Vert. Hélas pour lui, il ne l'atteignit jamais.

Sur sa trajectoire vint se poster Volga. La monumentale Comtoise enracina ses pieds dans la sciure et y planta fermement ses sept cents kilos de muscles et de courage. Maxime vit fondre sur lui la charge de l'orang-outan, ferma les yeux et pria pour que rien ne blesse sa seule amie.

Le choc ébranla la jument jusqu'aux os mais elle ne recula pas d'un millimètre. La monture légère de l'attaquant, elle, tomba à genoux en hennissant de douleur. La moindre parcelle d'air fut chassée des poumons de l'orang-outan qui gargouilla. Maxime, ébahi, s'aperçut alors qu'il tenait le ballon entre ses mains. Il le lança à Zoé. Miss évita un cavalier Daloyeau d'un pas chassé fort distingué et le ballon atterrit dans les mains d'Aziz. Face à lui, un boulevard s'ouvrait jusqu'au but adverse, avec un seul défenseur dans sa ligne de mire. Un frisson d'excitation secoua le public. Gringo prit son élan. Comme en se jouant, mais au triple galop, il feinta à gauche, se jeta à droite, effaça le défenseur médusé. Le ballon s'envola, roula dans les airs et franchit le cercle du but. Les spectateurs crièrent à l'unisson.

– C'est pas fini, grimaça Amédée quand Suzanne, dans sa joie, voulut l'embrasser.

# Seconde mi-temps

L'arbitre siffla la pause. Sonia, hors d'elle, bondit de sa place et fonça à travers la foule en direction du terrain. Pour son jour de congé, elle avait été enchantée que Luc l'invite à faire un tour à la foire puis à déjeuner dans une guinguette au bord de l'eau. Le hasard les avait conduits dans ces tribunes où elle avait assisté à la première partie du match avec une fureur grandissante. Ces sales mômes s'étaient bien fichus d'elle, avec leur gentillesse feinte et leurs efforts hypocrites ! Tout ça pour manigancer des coups tordus qui risquaient de lui faire perdre son boulot. Elle serait la risée de la profession ! Plus jamais, on ne lui confierait de jeunes. Il fallait qu'elle les ramène dare-dare à la ferme avant que ne se produise l'inévitable catastrophe.

Elle enjambait rageusement un portillon quand une voix bien connue cria son prénom. Elle se retourna très lentement, une sueur glacée entre les omoplates. Le juge Régnaud lui faisait de grands signes de la main, Amédée et Suzanne assis près de lui. C'était un cauchemar.

Elle avança comme une somnambule vers le magistrat et saisit machinalement la main qu'il lui tendait, n'osant regarder le vieux couple. Ils la croyaient certainement complice de cette trahison.

– Quelle chance de vous rencontrer ! lui dit Régnaud avec chaleur.

Elle eut un pauvre sourire. Le juge serra la main de Luc.

– Formidable, cette première mi-temps, pas vrai ?

Il sourit devant la mine atterrée de la jeune femme.

– Allons, Sonia, je vous taquine. À votre tête, je me doute que vous aussi, vous tombez des nues.

– Je suis désolée, murmura-t-elle. Vous aurez ma lettre de démission dès…

– Ne dites pas de sottises, coupa le juge. La situation n'est certes pas orthodoxe, mais nous garderons ça pour nous. Ce que je vois pour l'instant, c'est que ces jeunes insupportables, menteurs, voleurs et fugueurs, se sont lancé un beau défi. C'est déjà un résultat.

Sonia en resta bouche bée.

– En plus, ils ont fait d'indéniables progrès en équitation ! observa le juge. Mais asseyez-vous donc, ça va reprendre.

À la pause, les Daloyeau s'étaient regroupés autour du patron du centre hippique pour recevoir des boissons énergisantes et de nouvelles consignes de jeu. Leurs montures furent confiées à des soigneurs. Félix, Aziz, Zoé et Maxime se contentèrent de féliciter leurs chevaux et de s'encourager mutuellement, tout en se passant une bouteille d'eau. Les trois minutes de pause filèrent à la vitesse de l'éclair et ils durent reprendre leurs places. Les Daloyeau père et fils s'étaient postés de chaque côté de l'accès au terrain. Ils toisèrent les jeunes du Clos Vert avec morgue. Lorsque Aziz passa devant le fils, celui-ci mima le geste de trancher une gorge. Aziz répondit par un sourire charmant mais son majeur envoyait un tout autre message.

Sur le terrain, deux nouveaux joueurs étaient arrivés, notamment pour remplacer l'orang-outan qui ne se remettait pas de sa rencontre avec Volga. Ces forces fraîches faisaient défaut à l'équipe du Clos Vert dont les chevaux étaient marbrés de sueur.

Mais le doute avait changé de camp. Les Daloyeau avaient perdu de leur superbe et se méfiaient désormais de la défense adverse. Félix sentit ce flottement et risqua le tout pour le tout. Au coup de sifflet, il s'élança, bouscula la jeune capitaine, saisit la balle au vol. Tonka et Gringo, flanc contre flanc, se coulèrent en zigzag à travers la mêlée tandis que le ballon sautait entre leurs cavaliers, puis dans le but. 5 à 2. La foule s'électrisa.

Les Daloyeau n'étaient pas des perdreaux de l'année. Sous la férule de leur capitaine, visiblement vexée, ils se ressaisirent et foncèrent à l'attaque. Zoé, Maxime et Aziz firent front avec bravoure, tandis que Félix harcelait les attaquants. La foule se mit à scander : Clos Vert ! Clos Vert !

Ils se sentirent soulevés par ces centaines de voix et jetèrent toutes leurs forces dans la bataille.

– On dirait que nos quatre mousquetaires ont retrouvé leur panache ! s'époumona le présentateur. Ils compensent le manque de technique par de la fougue ! Quelle vivacité ! Quel punch ! AAAAAH, quel but magnifique du n° 3, Aziz, et de son remarquable Paint Horse. 5 à 3 ! La suprématie Daloyeau est-elle menacée après cinq saisons invaincue ? Ho là ! attention à cette contre-attaque ! 6 à 3 pour les Daloyeau ! Ce fut fulgurant ! Eh oui, mesdames et messieurs, c'est à sa capacité à se mobiliser dans l'épreuve qu'on reconnaît une grande équipe !

La sueur aveuglait Aziz. Ses bras le brûlaient de l'épaule jusqu'au bout des doigts. De sa cheville, cognée par un étrier, flambaient des ondes de douleur. Mais bizarrement, il s'était rarement senti aussi bien. À part devant la forge, à flanquer des coups de marteau dans des jaillissements d'étincelles. Il éclata de rire. Le garçon blond aux joues roses qui lui faisait face en fut surpris. Cet infime coup d'arrêt suffit. Aziz rafla le ballon et s'y cramponna, faisant confiance à Tonka pour se faufiler vers le but et à Félix pour se trouver sur sa trajectoire. Il marqua en poussant des cris d'Indien repris par le public surexcité.

6 à 4. Trois minutes à jouer. Dans la foule, Amédée se rongeait l'ongle d'un pouce, Suzanne et le juge Régnaud s'égosillaient, Sonia broyait sans s'en apercevoir la main de Luc.

Sourd aux menaces de carton jaune de l'arbitre, Daloyeau hurlait des imprécations à ses joueurs. Ils devinrent enragés. Les contacts se firent plus rudes encore et les coups bas pleuvaient. Lors d'une de ces échauffourées en sourdine, le ballon tomba à terre. Aziz bascula de sa selle, tendit le bras pour le ramasser et reçut de plein fouet la charge de la capitaine adverse. Gringo vacilla et le garçon s'effondra dans la sciure. Un coup de sifflet rageur retentit. L'arbitre, excédé, signalait énergiquement une pénalité de plus haut niveau. La foule rugit son approbation. Consternés, les Daloyeau durent s'aligner le long du terrain et regarder Félix se poster à cinq mètres de leur but totalement vulnérable.

Le silence envahit les tribunes. Chacun retenait son souffle. Au centre de la piste, le capitaine

Clos Vert se tenait droit sur son alezan. Son visage était zébré de sueur et de crasse, une de ses belles manches était en lambeaux et les flancs du petit cheval palpitaient de fatigue. Suzanne glissa sa main dans celle d'Amédée. Félix se dressa sur ses étriers, visa soigneusement et lança de toutes ses forces.

Des centaines de bouches acclamèrent le but avant même que le ballon ne pénètre le cercle. La foule trépigna d'enthousiasme. 6 à 5.

– AAAH, mesdames et messieurs, croassa le présentateur d'une voix cassée, cinquième but Clos Vert sur une pénalité ! Quel match ! Le chronomètre est reparti. Il reste une minute au Clos Vert pour arracher maintenant l'égalité et entrer dans la légende !

Portés par une foule en délire et puisant dans des ressources d'énergie insoupçonnées, ils luttèrent jusqu'au bout, jusqu'à la dernière seconde.

En vain. Le coup de sifflet final tomba sur le score de 6 à 5 en faveur des Daloyeau.

# L'heure de vérité

Perdus dans la foule, Suzanne, Amédée et leurs compagnons applaudissaient à tout rompre. Le juge Régnaud se pencha vers les autres :

– Allons les retrouver, dit-il. Nous leur tirerons les oreilles et ensuite nous les féliciterons, ils l'ont bien mérité.

– Au moins, ils ne sont pas blessés, approuva Suzanne. C'est un soulagement.

Amédée acquiesça en bougonnant. Ils s'apprêtaient à quitter leurs sièges lorsqu'une phrase tombée des haut-parleurs les cloua sur place.

– … mais rien n'est perdu pour les valeureux concurrents du Clos Vert puisque nous les retrouverons pour les épreuves de saut d'obstacles, de voltige et d'élégance !

Les cinq adultes échangèrent des regards stupéfaits.

– Bordeliou de bordeliou, explosa Amédée. Les petits salopiauds !

– Il faut arrêter ça, supplia Sonia. C'est moi qui serai responsable s'il leur arrive quelque chose.

Le juge Régnaud réfléchit un instant.

– Si vous en êtes d'accord, et vous aussi, monsieur Maillet, j'aimerais qu'on les laisse aller au bout de cette aventure. J'en prends toute la responsabilité. Ils se sont donné beaucoup de mal pour réussir. Ça ne leur arrive pas si souvent…

Sonia donna aussitôt son accord mais le vieil homme renâcla. Sa femme posa une main légère sur son bras.

– Laisse-les faire, Amédée, dit-elle d'une voix douce.

Il finit par hocher la tête.

– S'ils blessent mes chevaux, gronda-t-il, je leur taillerai les oreilles en pointe à coups de chambrière.

Suzanne sourit et se tourna vers Sonia.

– Et si nous allions acheter des casse-croûtes, mon petit ?

Luc les accompagna et revint chargé de provisions. Amédée déplia son couteau pour découper la miche de pain frais et Suzanne distribua du pâté, du fromage, des tomates et des abricots. Le soleil frappait sans pitié les tribunes bondées mais de nouveaux spectateurs arrivaient sans cesse. Les garçons de piste avaient démonté les buts de horse-ball et installaient le parcours d'obstacles.

– Mesdames et messieurs, merci de regagner vos places, la deuxième épreuve du concours équestre de la foire de Sainte-Radegonde va débuter ! Sept concurrents sont inscrits à cette épreuve de saut. Je vous demande d'accueillir la première concurrente, Sylvette, sur son cheval Oregon, du centre hippique Daloyeau !

La cloche marquant le début du temps chronométré retentit. Accoudés à la barrière du terrain d'échauffement, Aziz, Zoé, Félix et Maxime mâchonnaient leurs sandwichs en observant Myriam et Cheyenne tourner au petit galop. Le grand cheval paraissait d'un calme olympien.

– Perdre d'un but ! Un petit but de rien du tout… grogna Aziz. J'espère que Myriam va leur mettre la pâtée, à ces enfoirés de Daloyeau !

Les autres approuvèrent.

– C'est tout de même pas de chance qu'elle passe en dernier, regretta Maxime.

– Au moins, on saura tout de suite à quoi s'en tenir sur son classement, répondit Félix. J'espère que Cheyenne va tenir jusqu'au bout…

– Et pour la voltige, ça va aller ? lui demanda Zoé.

Félix fit une petite grimace.

– J'ai un peu mal partout. Je ne pensais pas que ce serait si dur d'enchaîner.

Dès la fin du match, ils s'étaient précipités pour amener les chevaux à l'ombre, les abreuver, les nourrir, les bouchonner avec amour et reconnaissance. Eux-mêmes n'avaient eu que l'eau de la pompe pour se laver et se soigner, et les sandwichs de Suzanne pour se réconforter. La fatigue et l'anxiété pesaient lourd sur leurs épaules.

– Le sixième concurrent, Nicolas, sur Pop-Corn, termine donc avec vingt-deux points seulement après cette malheureuse chute d'une barre de l'oxer. Décidément, cet oxer met tous les cavaliers à la peine ! Mais voici le septième et dernier concurrent de l'épreuve, une cavalière du Clos Vert : Myriam, sur Cheyenne. On les applaudit bien fort !

Amédée avala sa salive. Ils avaient osé… Les inconscients ! Malgré sa colère, le vieil homme ressentait une grande tendresse pour le courage de ces gosses. Et, dans le secret de son cœur, de la fierté pour ce qu'il devinait du travail acharné de son petit-fils.

Cheyenne et Myriam entrèrent d'un pas mesuré sur le terrain et vinrent se placer face au jury. Un murmure d'étonnement parcourut la foule. Le grand cheval flamboyait comme une statue d'ébène. Sa cavalière portait en guise de veste un habit noir à queue de pie, exhumé d'un autre siècle. Un jabot de dentelles blanches soulignait la pâleur de son visage encadré de cheveux de jais. Même au soleil de midi ils brillaient tous deux d'un éclat fantomatique. La cavalière salua le jury, la cloche sonna et le grand cheval noir s'envola.

Il commença le parcours à petites foulées, avalant les obstacles avec une facilité déconcertante, ombre bondissante à la crinière de fumée. Seul le martèlement de ses sabots rappelait aux spectateurs qu'ils admiraient un cheval de chair et d'os. Il parvint dans la dernière ligne droite qui menait à l'oxer. C'était un obstacle redoutable, un large mur de barres vertes et blanches qui avait coûté le sans-faute à nombre de bons cavaliers.

Amédée serra les poings en oubliant ses rhumatismes. Il ne put s'empêcher de jeter un coup d'œil au soleil. Pas le moindre nuage à l'horizon. Trois foulées avant l'obstacle. Il cessa de respirer.

Myriam se pencha sur l'encolure et disparut dans la masse noire de la crinière flottante. Cheyenne allongea sa foulée et décolla du sol, les muscles bandés. Un instant il parut suspendu dans les airs, vingt bons centimètres au-dessus de la plus haute barre de l'oxer. Ils revinrent sur terre en souplesse tandis que la foule se levait comme un seul homme et que le présentateur s'étranglait dans son micro.

– C'est incroyable ! Un sans-faute ! Le premier de cette épreuve ! Mesdames et messieurs, ce parcours sen-sa-tion-nel de Myriam sur Cheyenne apporte soixante-dix points au Clos Vert, qui se place désormais en seconde position dans la course au trophée !

– Elle a réussi… Purée, je le crois pas, elle a réussi… bredouilla Aziz avec des larmes dans la voix.

Ils s'étreignirent, criant, pleurant et riant à la fois. Puis Zoé regarda sa montre, s'essuya les yeux du bout des doigts et annonça :

– C'est l'heure de vous préparer pour la voltige…

# Tatâââ Tatatatatâââm !

Dans toute la foire, de bouche de marchand à oreille de client, il s'était dit que, cette année, le concours équestre méritait le détour. Une petite équipe, celle du Clos Vert – oui, le Clos Vert de l'Amédée Maillet – taillait des croupières au gros Daloyeau. Des jeunes de banlieue, vous voyez le genre… En tout cas, pour une fois, il y avait du spectacle !

Aussi refusait-on du monde dans les tribunes. Les gens s'entassaient à deux par siège, s'empilaient dans les allées et se piétinaient autour du terrain. Le juge arbitre eut du mal à obtenir le silence nécessaire à l'épreuve de voltige.

– Voici donc à nouveau nos jeunes concurrents du Clos Vert, qui, je le rappelle, ont fait vaciller le trône Daloyeau, annonça le commentateur. Mais arriveront-ils à l'excellence des concurrents que nous venons d'admirer ?

Zoé redressa le nœud papillon de Maxime et aplatit gentiment une mèche rebelle sur le crâne de Félix.

– Bonne chance à tous les trois, souffla-t-elle en embrassant le chanfrein de Volga.

Ils entrèrent sur la piste en courant et vinrent se présenter au jury. Maxime, petit Monsieur Loyal dodu et souriant, ôta avec force moulinets son chapeau haut de forme noir et fit claquer sa chambrière. Félix, hussard d'opérette à la veste écarlate garnie de brandebourgs dorés, tira de son étui le coupe-chou du Papé. Il salua sabre au clair pendant que Volga frappait le sol de son antérieur droit. On rit dans les travées et le jury eut un sourire indulgent.

Félix abandonna son arme et sauta sur Volga. Dans une ondulation de crins blonds, la jument se lança au petit trot sur le cercle. Sur un mot de Maxime, elle prit un galop souple et régulier tandis que retentissaient les premières mesures de la *Marche de la garde à Leipzig*.

Tatâââ Tatatatatâââm ! Didizimm Dzimm ! De mémoire de juré du concours de Sainte-Radegonde, personne n'avait encore voltigé sur de la musique napoléonienne. Des spectateurs frappèrent dans leurs mains, entraînés par la cadence. Pendant une longue minute, Félix donna le meilleur de lui-même. Assis, debout, accroupi, bras écartés, des moulins, des sauts, des virevoltes et un très bel étendard final qui lui valut des applaudissements nourris. Il sauta à terre dans une foulée de galop et rejoignit

Maxime. Tous les deux s'inclinèrent vers le jury et Volga s'assit sur son arrière-main. La foule, ravie, lançait des bravos.

Mais quand les cinq jurés dévoilèrent leurs notes, les sourires des garçons se crispèrent. 3. 6. 4. 5.

Il y eut des cris désappointés dans la foule.

– Il semble que le jury récompense l'originalité de ce sympathique trio, commenta le présentateur, mais qu'il se montre plus sévère sur la note technique. C'est qu'il est difficile de concurrencer des semi-professionnels ! Mais le Clos Vert termine tout de même cette épreuve avec un total de cent vingt-six points, en troisième position. Il talonne donc les deux premières équipes Daloyeau qui ont cent trente et un et cent trente-quatre points. Ah, que la lutte est serrée ! Mesdames et messieurs, en attendant l'épreuve d'élégance qui clôturera cette compétition haletante, je vous invite à une pause rafraîchissements !

Quand bien même des spectateurs eussent-ils voulu atteindre la buvette au risque de perdre leur place, il était impossible de bouger ni pied ni patte dans les tribunes. Quant à Amédée, Suzanne et leurs compagnons, ils n'auraient pas quitté leurs sièges pour tout l'or du monde. Ils s'efforcèrent simplement de se protéger du soleil ardent, qui avec sa casquette, qui avec un journal déplié.

– Élégance… marmotta Amédée. Pétard de sort ! Qu'est-ce qu'ils vont nous inventer encore ?

– Seulement huit points à rattraper sur le premier : ils ont leur chance, commenta Luc.

Suzanne se pencha sur l'oreille de son mari avec un sourire malicieux.

– Imagine la tête de Daloyeau si on gagnait… chuchota-t-elle.

– Ne vends pas la peau du porc avant de l'avoir tué, rétorqua-t-il d'un air renfrogné, mais sous ses sourcils broussailleux ses yeux noirs brillaient.

# Vengeance…

– Sage, Jo ! Oh, qu'il va être beau, ce chien !

Myriam caressait la tête du setter pour le faire tenir tranquille tandis que Félix achevait de brosser son pelage roux et soyeux. Rarement chien de ferme avait été mieux coiffé. Félix le laissa s'ébrouer puis noua à son collier un gros nœud de velours couleur myosotis.

Un frou-frou lui fit lever les yeux. Il eut du mal à reconnaître la ravissante créature qui se tenait devant lui, toute de soie vêtue, roulant timidement une mèche blonde d'un doigt ganté de blanc.

– Ça le fait ? demanda Zoé.

– Style ! Top ! Canon ! s'enthousiasma Aziz.

– Très joli, approuva Myriam.

Félix et Maxime renchérirent en chœur. Zoé parut un peu rassurée.

– J'ai le trac, gémit-elle. Je n'arrête pas d'aller faire pipi.

– Tu vas tout déchirer ! la rassura Aziz. Les rats de chez Daloyeau, y z-auront l'air de sortir d'une poubelle à côté de toi !

Zoé entreprit d'épingler à son corsage une rose cueillie le matin même au jardin de Suzanne. Les haut-parleurs grésillèrent.

– Mesdames, mesdemoiselles, messieurs, clama le présentateur, le moment que vous attendez tous avec impatience est arrivé ! Le couronnement de cette journée riche en émotions ! L'épreuve d'élégance !

Le public chauffé à blanc se réjouit bruyamment.

– Je vous rappelle qu'un jury particulier a été composé à cette occasion. Il rassemble d'éminentes personnalités du canton connues pour leur bon goût. Je vous demande donc d'applaudir bien fort Môssieur le maire de Sainte-Radegonde qui nous fait l'honneur de présider le jury en personne… Monsieur Gilbert Favreau, boucher-charcutier-tripier à Saint-Romain-de-Benêt, Médaille d'or de l'Andouille 2012… Madame Victorine Touloupes, de la boutique de Lingerie et Dessous pour Dames de Bellegarde… et enfin Madame Ginette Bernouillet de la Grande Quincaillerie de la Halle, à Musson-les-Sept-Fonts !

La rose glissa des doigts de Zoé.

Félix se pencha pour la ramasser.

– Qu'est-ce que tu as ? Tu es toute pâle.

– C'est… c'est rien, bredouilla Zoé. Le stress… ça va passer.

– Je vais t'aider, proposa Félix.

Il ôta l'épingle des doigts moites de la jeune fille et piqua la rose à son décolleté de soie bleue. Il effleura sa peau douce, respira son parfum et, enfin, osa regarder son visage. Elle posait sur lui des yeux graves, d'un bleu plus profond que celui de sa robe.

– Félix, murmura-t-elle. Si je perds, tu m'en voudras ?

– Tu vas gagner, répondit Félix à mi-voix. Tu ressembles à… une… une…

– Une ? reprit Zoé avec anxiété.

– Une princesse, souffla Félix.

Il s'inclina et lui baisa le bout des doigts.

Elle rit, pirouetta pour masquer ses larmes et sauta à cheval.

– Nous accueillons maintenant la troisième concurrente, mademoiselle Zoé, du Clos Vert, sur sa jument Miss ! Comme elle est charmante ! Et bien accompagnée !

Le rugissement de la foule couvrit l'écho des haut-parleurs.

– Seigneur ! murmura Suzanne. Ma robe de bal !

La jeune cavalière s'avançait d'un trot léger vers le jury, les pans de sa tenue soyeuse, couleur de ciel, ondulant au vent. Sous la capeline de paille, des boucles blondes et deux rubans bleus flottaient dans son sillage. Dans le soleil déclinant, la robe blanche de Miss miroitait de teintes nacrées. Sa crinière et sa queue étaient tressées de rubans de satin assortis au nœud de velours qui ornait le cou de Jo.

Le setter, qui préférait plus que tout au monde courir derrière un cheval, n'avait pas mis longtemps à apprendre son rôle d'escorte. Il suivait Miss comme son ombre, l'œil vif, la queue en panache et la babine souriante.

Zoé salua le jury avec grâce. Le boucher-charcutier-tripier fut ébloui, le maire séduit, la dame des dessous enchantée. Seule la quincaillière resta de pierre, menton rogue et œil venimeux.

Zoé se répéta « Je suis une princesse », sourit avec noblesse et tourna bride.

La sono lança une jolie valse musette, *Mon amant de Saint-Jean*, et le public conquis entonna le refrain à pleine voix. Zoé effectua son parcours comme dans un rêve. Il lui sembla qu'elle dansait avec Miss, un galop tendre et fluide, corps et âmes à l'unisson. Jo ne manqua pas une mesure, éclair roux et pétillant dans les pas du cheval blanc.

*Moi qui l'aimais tant, Mon bel amour, Mon amant de Saint-Jean,*

*Il ne m'aime plus, C'est du passé, N'en parlons plus…*

Les dernières notes d'accordéon s'envolèrent dans l'azur. Zoé, sourire aux lèvres et pommettes roses, esquissa une révérence sous les bravos et les vivats.

– Mesdames et messieurs, le jury va dévoiler ses notes. 9. 10. 9. C'est excell… 2 ?! Eh bien, il semble qu'un des membres du jury n'ait guère apprécié ce spectacle et n'attribue que deux petits points à…

Des huées couvrirent la voix du commentateur. Les tribunes menacèrent de se disloquer sous les milliers de pieds qui martelaient leur désapprobation.

– Ah, c'est une déception pour cette jeune cavalière et pour l'équipe du Clos Vert qui voit la première place lui échapper ! Mais il faut respecter les décisions du jury, c'est la loi de la compétition ! Je vous demande donc un peu de silence car voici notre concurrente suivante, Marie-Charlotte, sur Fancy !

– Mais c'est qui cette vieille BIQUE en peau de FESSES qui nous fait perdre ? hurla Aziz.

– C'est pas juste. Non, c'est pas juste, gémit Maxime.

Zoé arracha sa capeline et la jeta dans l'herbe. Elle tira nerveusement sur les boucles de sa sangle pour desseller Miss. Félix l'écarta par les épaules.

– Je vais le faire, si tu veux.

La jeune fille se retourna brusquement, lui jeta les bras autour du cou et éclata en sanglots.

Le chagrin, la colère et la déception s'abattirent sur eux tous. Maxime se recroquevilla en reniflant. Myriam cacha son visage dans ses mains. Aziz se mit à boxer rageusement une botte de paille. Félix, harassé de fatigue et d'émotions, consacrait ses derniers atomes d'énergie à serrer Zoé dans ses bras.

Quand il croisa le regard de son grand-père, son cœur déjà gros manqua un battement.

# Règlements de comptes

Derrière l'épaule d'Amédée apparurent Suzanne, Sonia, Luc et un homme que Félix ne reconnut pas. Mais Zoé s'écarta vivement et son visage se ferma.

– Le juge, chuchota-t-elle.

Félix fit face aux adultes.

– Je vais tout expliquer, Grand-Père, commença-t-il.

– Tais-toi, intima le vieil homme.

Impénétrable, Amédée planta ses mains sur ses hanches et les regarda les uns après les autres.

– Ah, vous avez fait du bon travail ! lança-t-il.

Ils baissèrent la tête, coupables et malheureux.

– Tous autant que vous êtes, vous avez fait honneur au Clos Vert, reprit Amédée.

Ils le regardèrent par en dessous, n'osant en croire leurs oreilles. Mais, événement rarissime, un large sourire illuminait le visage ridé d'Amédée.

– Vous n'êtes pas fâché qu'on soit venus en cachette ? demanda Myriam en s'essuyant le nez.

– Si ! intervint Sonia avec colère. C'était complètement irresponsable ! Vous auriez pu vous tuer ou blesser gravement les chevaux. Vous n'avez pensé ni à Amédée, ni à Suzanne, ni à moi. Tout ça pour la gloriole !

– Non ! s'écria Zoé. C'était pour le prix ! Pour les deux mille euros !

– Pour de l'argent ? grommela Amédée d'un ton déçu.

– Pas pour nous ! s'exclama Aziz. Pour sauver le Clos Vert !

Amédée fronça les sourcils.

– Sauver le Clos Vert ? Qu'est-ce que c'est que cette ânerie ?

– Grand-Père, on est au courant pour la banque, dit Félix. Les huissiers, tout ça…

– On s'était dit qu'avec le prix vous pourriez gagner du temps et peut-être retrouver des élèves, expliqua Zoé.

Amédée et Suzanne comprirent au même instant. Il vacilla légèrement et elle porta la main à son cœur.

– Vous avez fait ça… pour nous ? demanda la vieille dame d'une voix altérée.

– Ben ouais, répondit Aziz. C'est sympa, le Clos Vert. Pis on aime bien les canassons.

Les autres approuvèrent de la tête.

– Il faut que je m'assoie, murmura Suzanne cramponnée au bras de son époux.

Ils l'installèrent sur une botte de paille.

– Vous êtes de drôles d'oiseaux ! bougonna Amédée. Mais merci tout de même.

– Pas de quoi, on a perdu, gémit Zoé, les yeux rouges.

– Ouais, désolés, soupira Aziz.

– Excusez moi, intervint le juge Régnaud. Sans vouloir être indiscret, j'aimerais bien comprendre cette histoire de sauvetage.

Soudain les haut-parleurs tonitruèrent :

– Tous les concurrents sont maintenant appelés à recevoir leurs prix des mains du jury !

– Oh non, maugréa Aziz, on va pas faire les bouffons, en plus !

– De quoi ? s'indigna Amédée. Vous allez me faire honneur jusqu'au bout, oui ! Allez, vous autres !

Zoé se recoiffa à la hâte et essuya ses coulures de mascara. Ils s'époussetèrent mutuellement et se dirigèrent vers le centre de la piste où une estrade avait été montée à la hâte.

Les innombrables concurrents du centre Daloyeau étaient déjà là, chemises propres et bottes cirées. La rage au cœur, ceux du Clos Vert durent assister au triomphe de leurs adversaires du horse-ball, à celui des voltigeurs, à celui de la gagnante du prix d'élégance. Leur seule consolation fut l'interminable ovation du public lorsque Myriam reçut le trophée de l'épreuve de saut d'obstacles. Une belle médaille en métal doré, gravée du millésime et des armes de la ville. Puis arriva la remise du grand prix de Sainte-Radegonde.

– Nous invitons les représentants des centres hippiques ainsi que les capitaines à nous rejoindre, clama le présentateur qui s'était perché sur l'estrade avec son micro.

La silhouette massive de Daloyeau fendit aussitôt la foule. Il lui en coûta de hisser son quintal sur l'estrade mais il se redressa avec suffisance et domina l'assemblée. La jeune capitaine de horse-ball et Félix vinrent à leur tour, gauches et intimidés.

– Vas-y, Amédée, chuchotait Suzanne en tirant la manche de son mari. Tu ne peux pas lui laisser toute la place !

– Pas question ! s'entêtait le vieil homme à voix basse. Pas avec ce fumier !

Aziz lui jeta un regard blessé.

– Vous n'allez pas nous faire honneur, à nous ?

De la fumée sembla soudain sortir des oreilles poilues d'Amédée. L'œil plus noir que jamais, il arracha sa manche des mains de Suzanne et fonça à grands pas vers l'estrade.

– Ah ! Voici monsieur Maillet, le propriétaire du Clos Vert !

Le présentateur lui brandit son micro sous le nez.

– Vous devez être bien fier de votre équipe ! vociféra-t-il. Et surtout de votre petit-fils !

Amédée le fusilla du regard. Il cracha dans le micro une phrase où l'on entendit vaguement « jeunes », « chevaux » et peut-être même « bordeliou ». Puis il se carra dos à Daloyeau, les bras croisés et la mine revêche.

– Très émouvant ! enchaîna le présentateur sans sourciller. Et maintenant, monsieur le maire va remettre le prix de deux mille euros ainsi que le trophée de la ville à Léonard Daloyeau, du centre hippique Daloyeau, et à sa vaillante capitaine ! On applaudit les grands vainqueurs !

Daloyeau devança la jeune fille, serra la main du maire, empocha le chèque et s'empara de la coupe qu'il brandit au-dessus de sa tête, souriant triomphalement à la ronde. Le public applaudit mais on entendit çà et là de longs sifflets méprisants.

– Et maintenant, au tour du challenger, l'équipe du Clos Vert, qui a créé cette année une énorme surprise en arrachant la deuxième place de cette compétition ! Représenté par son jeune capitaine, elle reçoit une belle récompense puisqu'il s'agit d'un bon d'achat de trois cents euros, généreusement offert par la grande quincaillerie de la Halle, à Musson-les-Sept-Fonts !

Dans les acclamations de la foule on n'entendit pas le hoquet d'horreur de Zoé ni les affreux jurons proférés par Aziz. En revanche, on vit très distinctement Daloyeau pâlir et grimacer après qu'il eut tendu une main condescendante au vieux Maillet et que celui-ci la lui eut impitoyablement broyée de toute sa poigne d'homme de cheval. Des rires moqueurs éclatèrent jusque dans les plus hautes travées des tribunes.

# À la vie, à l'amour

Le retour au Clos Vert fut un morne calvaire. Les cavaliers, silencieux, tête basse, ruminaient leur échec. Les chevaux épuisés se traînaient au pas, trébuchant sur les pierres du chemin. Enfin, la ferme apparut au détour du bois, rose dans les rayons du soleil couchant. Félix aurait voulu graver à tout jamais cette image dans son cœur meurtri, et le parfum de l'été, et le silence du soir.

Luc et Amédée les attendaient à l'écurie. Ils avaient garnis les box de paille moelleuse, de foin parfumé, d'orge et d'avoine. Les jeunes mirent pied à terre et ôtèrent leurs selles avec des rictus de douleur. Amédée exigea de bouchonner lui-même ses chevaux et les envoya sous la douche.

En traversant la cour, ils remarquèrent la voiture du juge.

– Il est encore là, celui-là ? pesta Zoé.

– Avec Sonia, au grenier, ils téléphonent, répondit Suzanne qui s'activait aux fourneaux. Ils descendront dîner quand vous serez prêts.

La douche bouillante leur fit beaucoup de bien. En même temps que la sciure, la sueur et la crasse, un peu de tristesse s'enfuit par la bonde de la baignoire. À la vue de la table préparée par Suzanne, leur moral remonta encore d'un cran. La vieille dame avait tiré de ses armoires une splendide nappe de lin damassée, son argenterie, ses verres en cristal et ses assiettes de porcelaine fine. Un énorme bouquet de dahlias illuminait le centre de table.

Maxime ouvrit des yeux immenses.

– Du vrai argent ? demanda-t-il incrédule, en caressant une fourchette.

Suzanne eut un sourire attendri.

– C'est le service de mes grands-parents. Ceux-là mêmes dont vous avez aujourd'hui porté les vêtements.

– J'espère qu'on ne les a pas trop abîmés, s'excusa Zoé.

– Oh, peu importe, répondit la vieille dame. Ils étaient bien mieux sur votre dos qu'à moisir au grenier !

Amédée pénétra dans la cuisine et siffla en voyant la table.

– On fête quelque chose ? demanda-t-il d'un ton ironique.

Des pas résonnèrent alors dans l'escalier. Sonia et le juge Régnaud apparurent. Ils se récrièrent d'admiration devant le couvert étincelant et chacun prit place autour de la grande table. De son couteau, Amédée tapota son verre qui rendit un son cristallin. Tous les regards se tournèrent vers lui. Il s'éclaircit la gorge.

– Hum, hum. Aujourd'hui... commença-t-il.

La sonnerie du téléphone l'interrompit. Le vieil homme jeta rageusement sa serviette sur la table.

– Ah, nom de Bleu ! s'exclama-t-il, ça ne va donc pas cesser ?

– Ce sont des gens qui se renseignent sur nos cours d'équitation, expliqua Suzanne rayonnante. Mes enfants, vous avez fait une belle réclame au Clos Vert !

– En plus, tu m'ôtes les mots de la bouche, protesta Amédée. Puisque c'est comme ça, tant pis pour le discours !

Des poches de son gilet il tira quatre ronds de serviette. Il en posa un à côté de Zoé, un autre près de Myriam et lança les deux autres à Maxime et Aziz. Stupéfait, chacun des jeunes lut son prénom gravé dans le bois, à la pointe du couteau.

– Moi vivant, et aussi longtemps que le Clos Vert tiendra debout, vous aurez votre place à cette table, ajouta-t-il d'un ton bourru.

Les jeunes roulèrent le rond entre leurs doigts dans un silence ému, réalisant peu à peu que ce petit cercle de bois contenait tout à la fois une maison, une famille et la promesse d'infinies cavalcades.

Deux grosses larmes roulèrent sur les joues de Zoé.

– Pfffou, soupira-t-elle, j'en ai marre de pleurer…

Sa remarque déclencha un rire de soulagement autour de la table. Le juge Régnaud leva alors la main.

– Je crois que le Clos Vert tiendra debout longtemps car j'ai également une annonce à faire, dit-il. Avec Sonia, nous avons contacté ce soir de nombreux collègues du ministère.

– Aïe ! murmura Zoé.

– Pour une fois, je pense que tu approuveras la justice, dit en souriant le magistrat. Donc, devant le succès de cette expérience innovante, nous avons décidé de conduire un programme pluriannuel d'immersion en milieu rural de jeunes en difficulté.

– Hein ? grogna Aziz.

– Autrement dit, le Clos Vert recevra plusieurs groupes comme le vôtre durant les prochaines années, moyennant un budget très correct, cela va de soi.

– Du fric, quoi ? Pour les chevaux et tout ? s'assura Aziz.

– C'est ça, se réjouit le juge. Du fric.

– Alors le Clos Vert est SAUVÉ ! cria Félix, fou de joie.

Ils se levèrent à l'unisson en bousculant leurs chaises, et tout le monde embrassa tout le monde dans un concert d'exclamations, de remerciements et de félicitations.

– Je descends à la cave chercher du champagne, clama Amédée pour couvrir le brouhaha.

– Attends, j'ai encore mieux ! l'arrêta Suzanne.

Elle ouvrit le réfrigérateur et en sortit une grande bouteille de Cola glacé. Aziz tomba en adoration, à genoux sur le carrelage, tandis que la vieille dame remplissait solennellement ses délicates coupes de cristal. Ils trinquèrent au soda, au champagne et même avec un redoutable alcool d'épine noire qu'Amédée distillait en secret. Ce fut une fête comme le Clos Vert n'en avait pas vu depuis belle lurette. Suzanne sortit son antique électrophone, ses disques de paso doble et, jusque tard dans la nuit, ils dansèrent, chantèrent et se réjouirent, à l'amour et à la vie, dans le parfum sucré des tilleuls en fleur.

# Quelques jours plus tard…

Nimbés de poussière dorée, Aziz et Félix déplaçaient de lourdes bottes dans la grange. Les moissons s'achevaient et il fallait faire de la place pour la paille fraîche. Un roulement de sabots et un ronflement de moteur signalèrent l'arrivée du facteur. Ils s'arrêtèrent pour souffler et regarder Gringo cavaler derrière la voiture jaune.

Amédée, les sourcils froncés, reçut avec son journal une nouvelle enveloppe bardée de tampons.

– J'espère que ce n'est pas encore des histoires avec la banque, s'inquiéta Félix.

– T'inquiète ! Ce sera une bonne nouvelle !

Félix eut une moue dubitative.

– J'ai fait un deal avec le gros Daloyeau, lui confia alors Aziz à l'oreille.

– Quoi ? Tu l'as revu ?

– T'es ouf ? J'suis pas kamikaze ! J'ai emprunté discrètement le portable de Sonia et je lui ai envoyé une jolie photo de lui, avec le flacon de poison. Après on a causé un peu. Attention, j'ai été poli et tout ! Pas comme lui…

– Alors ?

– Ben… c'est comme si Amédée et Suzanne avaient pris une assurance contre les affreux.

– Ce n'est pas du chantage, ça ? s'inquiéta Félix.

Aziz se gondola.

– Si, mais justement ça manquait sur mon CV ! HA HA ! Il est pas né, celui qui embrouillera Aziz !

Avant qu'il ait pu réagir, Félix lui avait saisi le lobe de l'oreille et le lui tirait vigoureusement.

– Soldat, je suis content de vous ! déclara-t-il avec solennité.

L'autre se dégagea d'une bourrade.

– Lâche-moi, Napo ! Va plutôt mettre du Coca au frais, parce que ce soir on fait la teuf !

Côte à côte, ils regardèrent le vieil homme ouvrir son courrier, Jo assis à ses pieds. Il le relut plusieurs fois sous l'œil attentif du setter. Quand il fut enfin sûr de lui, Amédée se pressa vers le potager où Suzanne cueillait des framboises, la lettre allègrement brandie au ciel.

# Table

# Derniers titres parus aux éditions Thierry Magnier

## Collection « Romans »

**Je suis l'idole de mon père**
*de Arnaud Cathrine*
Avoir un père auteur jeunesse dont les romans s'inspirent directement de votre vie est tout à fait insupportable pour Doriand. Aussi pour les vacances d'été, son père et lui ont passé un pacte de non agression. Mais c'est dans cette station balnéaire qu'habite la famille du père, avec laquelle il a rompu depuis longtemps. Quand Doriand l'apprend, il va forcer la porte de la belle demeure pour comprendre d'où vient son père et pourquoi il ne dit rien de ce temps-là. Pourtant il y aurait de quoi faire un beau roman...

**Jusqu'au bout du secret**
*de Marianne Rubinstein*
Arrivé de Brest à Paris pour son entrée en sixième, Jules se lie d'amitié avec son voisin de palier, le vieux M. Langman. Quand il apprend que son père n'a pas disparu au milieu de l'Atlantique et que sa mère lui a menti, il se prend à rêver de le retrouver, à l'autre bout du monde...

**Le Jour d'après**
*de Christophe Léon*
Tilly déserte la maison pour fuir son père, Fred a fait du métro son terrain de jeux favori.
Ils ne se connaissent pas ; un jour Fred va prendre sa défense contre un homme trop entreprenant. Et les voilà embarqués dans une cavale, la police aux trousses.

**Cette fille a du style**
*de Marie-Sophie Vermot*
Damienne rêve de travailler dans la mode. Sa mère lui trouve LE bon plan : un stage chez la jeune et prometteuse styliste Tosca della Valle. Cette fois, c'est certain, elle a trouvé sa voie.

**Ça déménage au 6b**
*de Muriel Zürcher*
Chronique joyeuse d'un immeuble et de ses habitants, où une mère bourgeoise se révèle rebelle, son fils cancre dévoile ses talents, le vernis de sa grande fille parfaite se craquelle et où l'on assiste à la naissance, très rare, d'une portée de mygales, très attendrissante.

**Le jour où on a retrouvé le soldat Botillon**
*de Hervé Giraud*
Le soldat Botillon part à la guerre de 14 et se retrouve au front sans rien comprendre de ce qui lui arrive. Cent ans plus tard une réunion de famille célèbre l'anniversaire de leur aïeule, la fille du soldat Botillon, qui n'a jamais connu son père disparu lors des combats.

**Adrien et le train des abysses**
*de Simon Second*
Pour son anniversaire, Adrien reçoit un billet de train La Rochelle-New York. Embarquement pour une grande aventure sous-marine avec Maëlys, la petite fille intrépide du commandant. Des incidents mécaniques se répètent, n'y aurait-il pas un traître à bord ?

**Les Ailes de la Sylphide**
*de Pascale Maret*
La Sylphide, c'est un elfe des bois doté d'ailes translucides. La Sylphide, c'est aussi un ballet dont Lucie rêve de danser le rôle-titre. Mais à trop vouloir incarner ce personnage, Lucie finit par constater sur elle les symptômes d'une étrange métamorphose...

**La Tête dans les choux**
*de Gaia Guasti*
Ah le retour à la terre ! Le charme de la campagne, les délices des bains dans la rivière glacée, voilà ce que les parents de Margotte ont décidé de vivre en s'installant dans un hameau de dix-sept habitants, en Ardèche. Pourtant, très vite, Margot va comprendre que même dans un village perdu, il reste des mystères à élucider.

**Des étoiles au plafond**
*de Johanna Thydell traduit du suédois par Agneta Ségol*
Tout allait bien pour Jenna, quand sa mère est tombée malade. Et franchement, gérer le quotidien, les courses, les repas, le ménage, ça n'a rien de drôle. Heureusement il y a Susanna, sa meilleure amie, celle avec qui elle peut fantasmer sur Sakki et partager sa haine pour sa voisine Pénélope, pourtant adulée par tous au collège.

**Meilleur jeune espoir féminin**
*de Marie-Sophie Vermot*
Fille de l'employée de maison, Damienne passe ses vacances dans la grande demeure des patrons, au bord de la mer. Exaspérée par sa situation, elle se transforme en Isild, fille de bonne famille, pour les copains rencontrés sur la plage. Difficile de mentir alors que tout le monde se connaît dans cette petite station balnéaire, même quand on a un vrai talent de comédienne...

**De l'autre côté de l'île**
*de Allegra Goodman, traduit de l'anglais (États-Unis) par Jean Esch*
Sur l'île 365, tout est très bien organisé, chacun obéit strictement aux règles définies par la Mère Nourricière qui a su dompter la nature et le climat, mettant à l'abri la Communauté. Oui mais à l'abri de quoi ? Et qu'arrive-t-il si on refuse d'être comme tout le monde, si l'on est trop curieux ? Honor, après avoir tout accepté, va poser trop de questions...

**L'Ombre d'un père**
*de Florence Cadier*
Gary vit seul avec Nicole, sa mère, à Wellington en Nouvelle-Zélande et ne sait rien de son père. Obstinément et malgré les demandes répétées et insistantes de son fils, Nicole ne veut rien dire. Gary promène sa mélancolie et sa sourde révolte, obsédé par ce qu'il pense

être un secret honteux. Aussi lorsqu'un soir, dans un bar, une jeune Française l'aborde en lui disant qu'elle sait des choses sur son père, Gary est bouleversé. Mais rien ne se passe comme prévu.

**La Tête au ciel**
*de Régine Detambel*
À l'âge de cinq ans, Lola a dû suivre sa mère au Canada, et les liens se sont peu à peu distendus avec Philippe, son père, resté en France. Dix ans plus tard, Lola parle avec l'accent québécois, a quasiment oublié le vieux continent. Mais l'été qui vient, elle décide de le consacrer aux retrouvailles avec celui qui a choisi de vivre de manière spartiate auprès des pigeons qu'il élève, loin de tout. L'amour aidant, père et fille vont retisser une complicité faite de respect et de tendresse prudente.

**Là où je vais**
*de Fred Paronuzzi*
Il suffit parfois de 3300 secondes pour que tout bascule. Léa, Ilyes, Clément et Océane, élèves au même lycée, vont en faire l'expérience. Ils se connaissent à peine mais ce jour-là, le temps d'un cours, chacun verra sa vie transformée. Quatre voix d'adolescents à la croisée des chemins.

**Qui va loin revient près**
*de Christophe Léon*
Kinsangani, République démocratique du Congo, 2004. Kimia, neuf ans, est confiée à un passeur pour rejoindre Paris où elle doit être « adoptée » par un couple de bourgeois. Mais la petite fille va passer huit ans recluse dans un très bel appartement où elle sera bonne à tout faire. À dix-sept ans, Kimia s'enfuit, elle se retrouve à la rue sans argent ni papiers dans un Paris qu'elle découvre...

**Pieds nus dans la nuit**
*de Marjolaine Jarry*
Louise, Tom, Claire et Baptiste sont inséparables. Ensemble, ils croient pouvoir tout affronter. Jusqu'au jour où Claire, happée par son mal-être, est hospitalisée. Louise se bat pour que ses amis restent soudés, pour que rien ne change. Il faudra à Louise beaucoup de courage et pas mal d'imagination pour faire la paix avec ses souvenirs et laisser une chance à demain.

**La Vérité crue**
*de Patrice Favaro*
Jésus passe son premier été seul loin de ses parents, dans la ferme de sa grand-mère. Un soir, il s'enfuit avec Angélina, une voisine de son âge un peu perdue et solitaire. Dans leur échappée, ils vont croiser Élie qui les prendra sous son aile et les conduira dans la montagne jusqu'à un refuge qu'il connaît bien. C'est là que vont se révéler les blessures cachées des uns et des autres.

**Le cœur n'est pas un genou que l'on peut plier**
*de Sabine Panet et Pauline Penot*
Ernestine n'a pas la langue dans sa poche, elle se voit déjà comédienne sur les planches d'un grand théâtre parisien ! Awa, sa grande

sœur, prépare son bac français. L'avenir est devant elle, mais son père a décidé de la marier cet été, au Sénégal. Les femmes de la famille vont unir leurs forces pour soutenir la jeune fille.

**Les Autres Shepard**

*de Adele Griffin traduit de l'anglais (États-Unis) par Valérie Dayre*

Holland et Geneva, les sœurs Shepard, sont très proches l'une de l'autre. Leurs parents, plus très jeunes, sont assez distants. Annie, une mystérieuse artiste-peintre, va faire irruption dans la vie aseptisée des deux sœurs et leur ouvrir un monde plein de couleurs et de vie.

**La Véritable Histoire d'Harrison Travis, hors-la-loi, racontée par lui-même**

*de Pascale Maret*

À seize ans, Harrison abandonne l'école et choisit la liberté, campant dans la forêt, squattant les villas inoccupées, piquant de quoi se nourrir ou se distraire. Son rêve : s'envoler aux commandes d'un des avions qui font la navette entre l'archipel et le continent.

**Réveille-Martin**

*de Youri De Paz*

Martin vit vraiment dans une famille loufoque. Son père ne comprend rien à rien, sa sœur le suit partout du matin au soir, et leur mère est partie à l'autre bout du monde. Martin soigne tous les animaux qui croisent son chemin. Comment faire appel à l'imaginaire pour échapper à une réalité moins drôle...

**La Faute de Rose**

*de Florence Cadier*

Quand Rose a rencontré Sean, elle était sûre que ses parents béniraient leur mariage. Mais il n'en est pas question, Sean est un étranger, orphelin. Alors les deux amoureux s'enfuient. Rattrapée par la police, Rose est enfermée dans un couvent. Toutes les jeunes femmes qui ont fauté sont condamnées à y finir leurs jours.

**Encore heureux qu'il ait fait beau**

*de Florence Thinard*

Personne ne comprend ni pourquoi ni comment la bibliothèque Jacques-Prévert se retrouve à voguer sur l'océan. À bord, le directeur, la bibliothécaire, un prof de technologie, la sixième F au complet, et Saïd l'infernal. Une fois l'incroyable admis, il faut s'organiser.

**La Randonnée**

*de Christophe Léon*

Quoi de mieux qu'une randonnée pour réconcilier cinq adolescents en rupture avec la vie. Jeff, l'éducateur, en est persuadé. Le projet est alléchant, Jennifer, Lisa, Mariam, Damien et Lukas quasiment enthousiastes. Mais Jeff disparaît, et tout devient inquiétant...

**La Petite Terreur de Glimmerdal**

*de Maria Parr traduit du néo-norvégien par Jean-Baptiste Coursaud*

Tonje, dix ans, est la seule enfant du village. Son meilleur copain, Gunnvald, a soixante-douze ans. Ensemble ils fabriquent des bobsleighs pour dévaler la montagne à toute blinde en hurlant leur joie et leur trouille. Un jour Gunnvald reçoit une lettre qui le bouleverse, aurait-il un secret pour sa jeune amie ?

**Mon père est américain**
*de Fred Paronuzzi*
Fruit d'un amour de passage, Léo ne sait rien ou presque de son père. Tout au plus un prénom et qu'il est américain. Claire, sa mère, ne lui a jamais avoué qu'elle entretient en secret des liens réguliers avec lui. Difficile de dire à son fils que son père est en prison. Mais Léo découvre la vérité.

**Revolver**
*de Marcus Sedgwick traduit de l'anglais (Grande-Bretagne) par Valérie Dayre*
1910. Sig est seul dans une cabane au nord du cercle arctique. Son père est tombé dans un lac gelé, sa sœur et sa belle-mère parties chercher de l'aide. Un étranger survient, menaçant, réclamant le magot d'or volé...

**Moi, mon frère et le nouveau**
*de Martha Heesen traduit du néerlandais par Emmanuèle Sandron*
Les parents de Jan et Toon sont famille d'accueil. Les deux enfants biologiques vivent ces intrusions chacun à leur manière. Chaque arrivée dans la famille est l'occasion d'anecdotes tendres ou cruelles, drôles ou dramatiques.

**Les aigles ne tuent pas les mouches**
*de Luc Baba*
Avant ce matin-là, Zoé allait son chemin tranquille. « Tu as reçu quoi pour tes quatorze ans ? – J'ai appris que j'étais laide. » Elle le sait grâce à Walter, son premier amour impossible. Elle décide alors de créer un club de moches, et trouve des volontaires !

**Mayo ketchup ou lait de soja**
*de Gaia Guasti*
« Beurk, elle pue ! » Voilà le sort d'Élianor réglé en un instant dans la cour de récréation. Mais elle s'en fiche, Élianor, elle cultive sa différence. La preuve, elle a volontairement banni sucre, viande et lait de vache de son alimentation. Pour gagner son amitié, Noah est prêt à rallier sa cause.

**Le Cantique des elfes**
*de Myriam Chirousse*
Dans *Ultramonde*, Lady Kerridwen rencontre Lupus Negrus, un personnage très séduisant. Jessica, dans la réalité, ne vit plus que pour les mails enflammés de Lupus Negrus et leurs rendez-vous au château d'Osgarth. Jeu en réseau, amour virtuel ou réel, lequel est le plus exaltant ?

**Quand un amant passe**
*de Mats Wahl traduit du suédois par Agneta Ségol et Marianne Ségol-Samoy*
Tom ne se sent plus compris par personne. Le voisin, Karl Berger, un vieil Allemand au passé obscur, lui demande de l'aider à entretenir

son jardin. Il semble bien connaître sa famille et, pourtant, sa mère ne veut pas en entendre parler. Tom est animé de sentiments violents et contradictoires qui vont bouleverser sa vie, celle de sa famille.

**Camille aime pas danser**
*de Marie-Sophie Vermot*
Anastasia dévore la vie à pleines dents. Camille est plus jeune, plus réservée. Elles sont sœurs et vivent avec leur mère dans une maison perdue au bout d'une presqu'île. Après une aventure d'un soir, Anastasia n'arrive pas à s'avouer qu'elle est enceinte.

**Vert jade rouge sang**
*de Pascale Maret*
Ko Myo va retrouver son frère Naing Lin, parti chercher fortune dans les mines de jade, loin de Rangoon. Après un long trajet, Ko Myo le retrouve en piteux état. Le travail dans la mine est épouvantable, les conditions de vie terrifiantes.

**Comme chiens et chats**
*Collectif*
Neuf nouvelles sur le thème des relations fraternelles avec des sensibilités, des registres différents, des histoires qui puisent souvent dans la biographie revisitée des auteurs.

**Marre de l'amour**
*de Maud Lethielleux*
Des parents qui s'aiment, se tiennent la main, roucoulent les yeux dans les yeux, tous les enfants en rêvent ! Pas si sûr, Pierrot lui, n'y voit que des inconvénients. Avec ses copains, il va tenter de faire « désaimer » ses parents.

**Ces années blanches**
*de Julie-Jacob Cœur*
Marie, sa vie, elle l'aimait bien. Mais à la maison rien ne va. Rose, la faute à Rose, sa sœur aînée, qui n'en finit pas de s'égarer, de plonger dans les embrouilles. Après des années de compassion, Marie en a assez, elle veut vivre sa vie d'ado.

**L'Interrogatoire de Gabriel James**
*de Charlie Price traduit de l'anglais (États-Unis) par Valérie Dayre*
Témoin de deux meurtres, Gabriel James doit s'expliquer devant la police. Oui, il était amoureux d'une fille et n'acceptait pas d'être éconduit, mais pourquoi cela a-t-il déclenché une série de drames, ébranlant toute la petite ville ? Les policiers veulent tout savoir, tout comprendre.

**Tifi en Haïti**
*de Valérie Lacroix*
Après le tremblement de terre qui a ravagé son île, Starling a trouvé un semblant de paix avec Monsieur Neptune. Aussi elle n'a pas envie de recevoir les lettres de Lucie qui lui écrit de France.

**Ultraviolet**
*de Nancy Huston*
Dans son journal, Lucy écrit tout ce qu'elle ne peut pas dire à haute voix. À treize ans, les idées se bousculent dans sa tête et les sensations dans son corps. L'arrivée du docteur Beauchemin à la maison lui offre un interlocuteur troublant.

**Comment je suis devenue flic**
*de Anne et Marine Rambach*
Alice a deux choses à dire à sa mère pour fêter l'anniversaire de ses quinze ans. Un : le Muffin Palace fait les meilleurs muffins du monde. Deux : elle veut devenir flic.

**Un cargo pour Berlin**
*de Fred Paronuzzi*
Elle s'appelle Nour – Lumière, en arabe – et elle porte bien son nom. Quand elle succombe au charme envoûtant d'Idriss, elle ne se doute pas, alors, qu'aimer peut être une faute… Il lui faudra fuir, pourtant, devenir Youness.

**Tout le monde est une idole**
*de Marie-Sophie Vermot*
Matthias Vernier ne sera plus jamais le même. Mademoiselle Prince est morte, avec elle les 28 autres élèves de la seconde 4. Il est le seul rescapé. Oublier, refuser le chagrin, Matthias part au sud de l'Italie, chez ses grands-parents.

**Coline, 17 ans, dans la rue**
*de Valérie Lacroix*
Coline en a marre de tout. Alors elle se casse, disparaît, s'enfuit. Elle apprivoise les rues de Lyon avec son chien qui la protège, et refuse tout lien avec sa vie d'avant. Elle sait bien que cela ne durera pas mais cette « vacance » sociale lui est nécessaire.

**Jean II le Bon**
*de Fabrice Vigne*
Quatre ans après l'écriture de Jean Ier le Posthume, Arthur, Stan et Elsa feraient bien un autre roman plus conséquent mais dans la même veine, celui de Jean II le Bon. Les voilà partis pour de longues conversations où chacun défend âprement sa vision de la littérature.

**Granpa'**
*de Christophe Léon*
Depuis ses sept ans, John vit avec son grand-père et partage ses convictions. Quand il s'agit de lutter contre l'Arizona Oil Company pour préserver les terres de Granpa', John ne réfléchit pas.

**Prisonniers du chaos**
*de Roland Godel*
Maxime passe ses premières vacances sans sa famille dans une île du Sud. Parti en excursion avec Maria et Ange, les enfants de sa logeuse, il se retrouve bloqué dans la montagne par une incroyable tempête. Au retour, rien ne sera plus pareil.

CET OUVRAGE A ÉTÉ ACHEVÉ D'IMPRIMER
SUR ROTO-PAGE
DEBOUT SUR LES ÉTRIERS POUR LE COMPTE
DES ÉDITIONS THIERRY MAGNIER
PAR L'IMPRIMERIE FLOCH À MAYENNE
EN FÉVRIER 2014
DÉPÔT LÉGAL : MARS 2014
N° D'IMPRESSION : 86446

Imprimé en France